序言

「文法入門」這本書，是編者四十多年前所讀的第一本文法書。它激起了我對英文的興趣，讓我終身從事英語教學的研究，這本書改變了我的一生。

眞巧，三十多年前，本書的原來作者周宗達先生，當時他已經九十五歲，來拜訪「學習出版公司」，他將本書的版權，出售給我們。我們經過無數次的修訂，使這本書看起來更容易、更輕鬆，更淺顯易懂。

很多人害怕文法，心存排斥，這是學好英文的一大障礙。有的人初學英文，不幸選擇了一本生硬的文法書，甚至有一些高中採用原文文法書，外國人的英文法，沒有中國人研究得透徹，很多作者本身就不怎麼懂，亂寫一通，把簡單的，變成複雜，編造了很多奇怪的專有名詞，誤導同學，讓同學就此對英文失去興趣，實在令人惋惜。

這本書適合國中學生，也適合高中學生，適合小孩，也適合成人，適合自修，也適合當教本。每一章後，均附有練習題，讀完規則後，再做練習題，就很有成就感。有基本文法程度的同學，也可先做練習題，再看規則。讀完本書，做完本書練習題，您的文法實力，已足以應付一般的考試或閱讀、寫作。如果還想對文法更深入研究，可參考本公司出版的「文法寶典全集」，進一步挖掘無限的寶藏。

本書雖經審 誠盼各界先進不吝指正。

毅

CONTENTS

第 1 章 名詞（Noun）

第 2 章 代名詞（Pronoun）

第 3 章 形容詞（Adjective）

第 4 章 冠詞 (Article)

第 5 章 副詞 (Adverb)

第 6 章 動詞 (Verb)

第 7 章 時式 (Tense)

第 8 章　語態 (**Voice**)

第 9 章　語法 (**Mood**)

第 10 章　不定詞 (**Infinitive**)

第 11 章　分詞 (**Participle**)

第 12 章　動名詞 (**Gerund**)

第 13 章　助動詞 (**Auxiliary Verb**)

第 14 章 時式一致（Sequence Of Tense）

第 15 章 敘述法（Narration）

第 16 章 介系詞（Preposition）

第 17 章 連接詞（Conjunction）

第 18 章 感歎詞（Interjection）

第 19 章 句子（Sentence）

第 20 章 主詞、動詞、代名詞的一致（Agreement）

第 21 章 疑問句和否定句（Interrogative and Negative Sentence）

第 22 章 常用錯的字（Words Often Misused）

第 1 章 名 詞 Noun

1 名詞的種類

名詞是人、物、地方的名字。

① 普通名詞（***Common Noun***）—— 指同類的人或物所通用的名字。

【例】 king, city, country, table,…

② 集合名詞（***Collective Noun***）—— 指同類的人或動物的集合名字。

【例】 class, family, army, fleet,…

③ 物質名詞（***Material Noun***）—— 指物質原料的名詞，包括食品、飲料、材料、礦物、液體、氣體。

【例】 sugar, tea, water, gold, iron, air, oil,…

④ 抽象名詞（***Abstract Noun***）—— 指只能想像得到的名字，包括性質、狀態、動作、概念等。

【例】 love, honesty, friendship（友誼）, success（成功）,…

【注意】 凡是物質名詞和抽象名詞，因爲都不能數，所以稱爲不可數名詞。

⑤ 專有名詞（***Proper Noun***）—— 指特定的人、物或地方的名字。

【例】 John, Mary, Taiwan, Shanghai,…

練習 1

※ 請指出下列句中名詞的種類：

1. That house is built of stone.
2. He threw a stone at the dog.
3. Taipei is the capital（首都）of Taiwan.

4. John works harder than Henry.
5. Iron is more useful than gold.
6. Love is blind (盲目的).
7. The anger of my father is severe (劇烈的).
8. The class are playing games.
9. His family are all well.
10. Mary is swimming in the water.

2 性 別

① 陽性 (***Masculine Gender***)

【例】 father, boy, man, lion, Mr. Brown

② 陰性 (***Feminine Gender***)

【例】 mother, girl, woman, lioness, Mrs. Brown

③ 通性 (***Common Gender***)

【例】 parent, child, animal, person, bird

④ 無(中)性 (***Neuter Gender***)

【例】 house, table, book, pencil

3 陽性變陰性

① 字尾加 ess

【例】

actor (男演員)	actress (女演員)
god (神)	goddess (女神)
emperor (皇帝)	empress (皇后)
host (主人)	hostess (女主人)
prince (王子)	princess (公主)
lion (雄獅)	lioness (雌獅)
tiger (雄虎)	tigress (雌虎)
master (主人)	mistress (女主人)

② 字尾加 ine, er, groom

【例】	hero（英雄）	heroine（女英雄）
	widow（寡婦）	widower（鰥夫）
	bride（新娘）	bridegroom（新郎）

③ 更換一字以表示性者

【例】	grandfather（祖父）	grandmother（祖母）
	father-in-law（岳父）	mother-in-law（岳母）
	manservant（男僕）	maidservant（女僕）
	boyfriend（男友）	girlfriend（女友）
	spokesman（男發言人）	spokeswoman（女發言人）

④ 完全不依照規則者

【例】	king（國王）	queen（皇后）
	father（父親）	mother（母親）
	boy（男孩）	girl（女孩）
	brother（兄弟）	sister（姊妹）
	uncle（伯叔父）	aunt（伯叔母）
	husband（丈夫）	wife（妻子）
	male（男性）	female（女性）
	nephew（姪兒）	niece（姪女）
	gentleman（男士）	lady（女士）
	sir（先生）	madam（夫人）
	son（兒子）	daughter（女兒）
	cock（公雞）	hen（母雞）
	bull（公牛）	cow（母牛）
	he-goat（公山羊）	she-goat（母山羊）

練習 2

※ 試寫出相對的性：

1. nephew	2. cock	3. widow
4. actor	5. host	6. bride
7. hero	8. cow	9. spokesman
10. king	11. prince	12. master
13. tiger	14. sir	15. lady
16. he-goat	17. son	18. grandfather
19. manservant	20. father-in-law	

4 名詞的數（Number of Noun）

① 種類

- 單數（Singular Number）— boy
- 複數（Plural Number）— boys

② 單數變複數

(a) 名詞 + s = 複數

【例】 pen（筆）— pens
dog（狗）— dogs
son（兒子）— sons
book（書）— books
month（月）— months
king（國王）— kings

(b) 字尾 s, x, sh, ch, o + es = 複數

【例】 class（班級）— classes
watch（手錶）— watches
hero（英雄）— heroes
fox（狐狸）— foxes
brush（刷子）— brushes
tomato（蕃茄）— tomatoes

【例外】 piano（鋼琴）— pianos
radio（收音機）— radios

(c) 字尾 f, fe 把 f 變成 v 再加 es = 複數

【例】 wolf（狼）— wolves　　half（一半）— halves
knife（刀子）— knives　　leaf（葉子）— leaves
wife（妻子）— wives

【例外】 chief（領袖）— chiefs　　roof（屋頂）— roofs
handkerchief（手帕）— handkerchiefs

(d) 字尾是母音 + y，則 + s = 複數

【例】 day（日子）— days　　boy（男孩）— boys
key（鑰匙）— keys

(e) 字尾是子音 + y，則去 y + ies = 複數

【例】 family（家庭）— families　　city（城市）— cities
army（軍隊）— armies　　baby（嬰孩）— babies

(f) 單複數同形者

【例】 deer（鹿）— deer　　sheep（羊）— sheep
fish（魚）— fish（魚若指種類須加 es）
Japanese（日本人）— Japanese

(g) 單數變複數不照規則者

【例】 foot（腳；英呎）— feet　　child（小孩）— children
goose（鵝）— geese　　man（男人）— men
mouse（老鼠）— mice　　tooth（牙齒）— teeth

(h) people 外表雖是單數，而意義始終是複數

【例】 The ***people are*** fighting for their freedom.
（人民正為自由而戰。）
【註】people 表「人」時，永遠複數，所以動詞用 are。

【注意】 people 表「民族」時，複數須加 s，單數可在前面加 a。

【例】 The ***peoples*** of China and America are peace-loving.
（中美民族愛好和平。）

(i) 有些名詞外形雖是複數意義是單數

【例】 news（消息） mathematics（數學）
the United States（美國） measles（麻疹）

【注意】 (1) 凡是學科的名詞字尾帶 s 者，如 physics（物理學），economics（經濟學）等，都是單數。
(2) 凡是這類字的動詞須用單數。

【例】 The ***news is*** not true.（那消息不確實。）

(j) 凡 dozen（打），hundred（百），thousand（千）做形容詞用不加 s

【誤】 He bought two *dozens* pens.
【正】 He bought two ***dozen*** pens.

【誤】 There are three *hundreds* students.
【正】 There are three ***hundred*** students.

(k) 有些名詞永遠是複數

【例】 shorts（短褲） scissors（剪刀）
spectacles（眼鏡） trousers（褲子）
goods（貨物） clothes（衣服）

【注意】 這些名詞後面動詞須用複數。

【例】 My ***clothes are*** new.
The ***goods are*** bad.

(l) 「數詞＋名詞」做形容詞時，此名詞都用單數

【例】 I have a ***two-year-old*** dog.
（我有一隻兩歲的狗。）
He has a ***fifty-dollar*** bill.
（他有一張五十元的鈔票。）

【註】 year 和 dollar 都不加 s。

(m) 集合名詞的單複數

集合名詞如果表示集合體，那就是單數；如果表示組織的人員成分就是複數。

單數	複數
family（家庭）	family（家人）
class（班級）	class（全班同學）

(n) 複合名詞的複數

1. woman doctor（女醫生）— women doctors
   （兩個名詞都變，因爲兩個都是主要名詞）
2. sister-in-law（嫂嫂；弟媳）— sisters-in-law
   looker-on（旁觀者）— lookers-on
   （只是主要的名詞加 s）

練習 3

(A) 試寫出複數：

1. tooth	2. radio	3. potato
4. story	5. sheep	6. man
7. roof	8. leave	9. month
10. deer	11. church	12. chief
13. monkey	14. mouse	15. goose
16. fly	17. piano	18. wolf
19. fish（表種類）	20. people（人們）	21. knife
22. tomato	23. picture	24. desk
25. country	26. glass	27. fox
28. Chinese	29. brush	30. family（家庭）
31. foot	32. handkerchief	33. day
34. brother-in-law	35. child	

(B) 改錯（沒有錯不改）：

1. His trousers is old.
2. Mathematics are very difficult.
3. There are many deers and sheeps in the zoo.
4. He bought three dozens eggs.
5. The people of the city is watching the parade（遊行）.
6. The goods have not been received（收到）.
7. I brush my tooth every day.
8. The news are good.
9. I have two thousands dollars.
10. His clothes is pretty.
11. My family are large.
12. My family is well.

5 名詞的格

① 主格（Nominative Case）— 凡是句子主詞和主詞補語都是主格。

【例】 The ***boy*** is honest（誠實的）.

【註】 因爲 boy 是主詞，所以是主格。

【例】 Tom is an honest ***boy***.

【註】 因爲 boy 是主詞的補語，所以也是主格。

② 所有格（Possessive Case）— 凡是表示所有權的名詞都是所有格。

【例】 The ***boy's*** book is new.

【註】 boy's 表示 book 的所有權，所以是所有格。

③ 受格（Objective Case）— 不論及物動詞或介系詞，後面都必須有一個名詞做爲受詞（Object）。凡是此類受詞就是受格。

【例】 I like the ***boy***.

【註】 boy 是及物動詞 like 的受詞，所以它是受格。

【例】 I am fond of the ***boy***.

【註】 boy 是介系詞 of 的受詞，所以它是受格。

6 所有格的組成及用法

① 凡是生物名詞表示所有權，如果該名詞是單數或複數末尾不是 s，加 ’s 即成所有格。

【例】 ***Tom’s*** book　　the ***boy’s*** room
　　　the ***man’s*** hat　　the ***men’s*** hats
　　　woman’s work

② 如果生物名詞是複數而帶 s 者，只加 ’，即成所有格。

【例】 the ***girls’*** school　　the ***dogs’*** legs

③ 凡是複合名詞表示所有權，只作一個字看待，在其末尾加 ’s。

【例】 my mother-in-***law’s*** house

凡是無生命的物件，表示所有權，不可用 ’s，要用 of 表示。

【誤】 the *city’s* walls（城牆）
【正】 the walls ***of*** the city

【誤】 the *table’s* legs（桌子的腳）
【正】 the legs ***of*** the table

④ 但是名詞表示時間、距離、重量、價格等，雖無生命，也須加 ’s，來表示所有格。

【例】 a ***day’s*** work（一天的工作）
　　　a ***week’s*** holiday（一個禮拜的假期）
　　　a ***year’s*** salary（一年的薪水）
　　　two ***miles’*** distance（兩英哩的距離）
　　　three ***pounds’*** weight（三磅重）
　　　two ***dollars’*** worth of sugar（值兩元的糖）

⑤ 生物的名詞也可用 of 來表示所有格。

【例】 the ***dog’s*** tail（狗的尾巴）
　　　= the tail ***of*** the dog
　　　the ***girl’s*** book
　　　= the book ***of*** the girl

⑥ 凡是 house，shop（商店），store（商店），接在所有格後時，常可省略。

【例】
I am staying at my ***aunt's*** (house).
（我住在姑媽家。）
I bought the book at ***Smith's*** (shop).
（我在史密斯的店買了這本書。）
I had my hair cut at a ***barber's*** (shop).
（我在理髮店剪頭髮。）

⑦ 所有格後的名詞重覆時，通常省略。

【例】
The ***fox's*** tail（尾巴）is longer than the ***dog's***.
My book is newer than ***John's***.

【註】上兩句 dog's 後之 tail，John's 後之 book，因重覆而省略。

⑧ 雙重所有格，即 a (the, this, that, some,…) + 名詞 + of + 所有格 + 名詞。（詳見文法寶典 p.97）

【例】
He is a friend ***of*** my ***father's***.
（他是我父親的一個朋友。）
Any friend ***of*** my ***uncle's*** is welcome.
（任何叔叔的朋友均受歡迎。）

⑨ 表示共同所有權，把 's 放在最後的名詞上。

【例】Tom and ***John's*** book

【註】這本書是兩人共有的。

⑩ 表示個別所有權，每個名詞都要加 's。

【例】***Tom's*** and ***John's*** books

【註】這些書是兩個人個別所有的。

【注意】book 要用複數。

練習 4

(A) 把下列譯成英文：

1. 他住在他朋友家中。
2. 那房子的屋頂 (roof) 是新的。
3. 約翰的帽子 (hat) 是在桌子上。
4. 湯姆是我父親的一個朋友。
5. 今天的功課很難 (difficult)。
6. 我們有一個星期的假日 (holiday)。
7. 那樹的葉子 (leaf) 是紅的。
8. 那本書的價格 (price) 很便宜 (low)。
9. 約翰的弟弟喜歡那房子的大門 (gate)。
10. 約翰和瑪麗的書都被偷走了 (were stolen)。

(B) 改錯 (沒有錯不改)：

1. Tom is a friend of John.
2. The house’s walls are white.
3. The station is five minutes’ walk from here.
4. I have not read the newspaper of today.
5. The book’s cover is red.
6. Tom’s and Henry’s school is not far from my home.
7. I am going to the barber.
8. Mary’s dress (衣服) is prettier than Tom.
9. This school’s principal (校長) is old.
10. This book is Tom.

代名詞 Pronoun

7 代名詞的種類

① 人稱代名詞 (***Personal Pronoun***)
   (a) 所有代名詞 (*Possessive Pronoun*)
   (b) 複合人稱代名詞 (*Compound Personal Pronoun*)

② 指示代名詞 (***Demonstrative Pronoun***)

③ 不定代名詞 (***Indefinite Pronoun***)

④ 疑問代名詞 (***Interrogative Pronoun***)

⑤ 關係代名詞 (***Relative Pronoun***)

8 人稱代名詞

人稱＼數＼格		主 格	所有格	受 格
第一人稱	單 數	I	my	me
	複 數	we	our	us
第二人稱	單 數	you	your	you
	複 數	you	your	you
第三人稱	單 數	he	his	him
		she	her	her
		it	its	it
	複 數	they	their	them

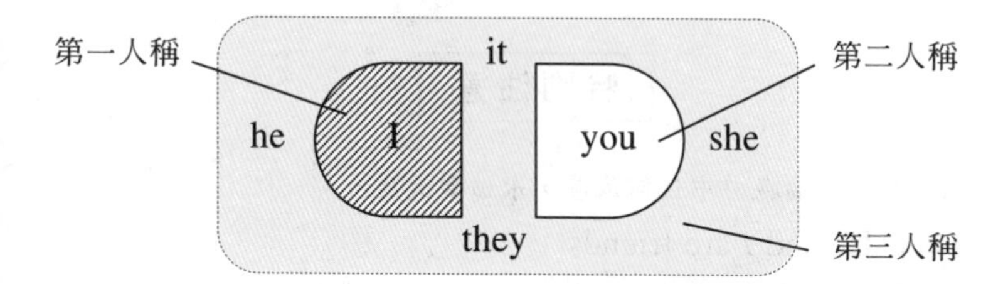

① 主格 —— 和名詞一樣，代名詞可以用來做主詞與主詞補語。

【例】
I (***We***, ***You***, ***They***) want to go.
He (***She***) goes to school every day.
It is ten o'clock.

【註】 上句中的代名詞都是主詞，所以是主格。

【例】 Who are ***you***?
It is ***he*** (***she***, ***you***, ***they***).

【註】 上句中的代名詞都是主詞補語，所以是主格。

② 受格 —— 和名詞一樣，代名詞也可做及物動詞與介系詞的受詞。

【例】 The boy likes ***me*** (***him***, ***her***, ***it***, ***them***, ***you***, ***us***).

【註】 上句中的代名詞都是及物動詞 like 的受詞，所以是受格。

【例】 The boy is fond of ***me*** (***him***, ***her***, ***it***, ***them***, ***you***, ***us***).

【註】 上句中的代名詞是介系詞 of 的受詞，所以是受格。

③ 所有格 —— 和名詞一樣，代名詞也用來表示所有權。

【例】 The boy likes { ***my*** / ***our*** / ***your*** / ***his*** / ***her*** / ***its*** / ***their*** } dog.

【註】 上句中的代名詞都是表示所有權，所以是所有格。

特別注意

(a) I (我)不論在句中任何位置，永遠要大寫。

【例】 He and ***I*** are friends.

(b) be 動詞 (am, is, are, was, were, been) 後面，做補語的代名詞必須用主格。

【誤】 It is *him*.
【正】 It is ***he***.

【例外】 It is ***me***. (只限第一人稱單數)

【誤】 Who are *them*?
【正】 Who are ***they***?

(c) 比較的時候，如果 than 前面用的是 be 動詞，than 後面的代名詞須用主格。

【誤】 She is stronger (較強壯的) *than me*.
【正】 She is stronger ***than I***.

【誤】 You are older *than him*.
【正】 You are older ***than he***.

(d) you 可表「你；你們」；your 可表「你的；你們的」，所以它們沒有單複數的區別，視句意而定。

【比較】
You are a student. (單數)
You are students. (複數)

(e) 三個不同的代名詞連用的時候，爲表示客套起見，you 放在前面，he 次之，然後才用 I。

【例】 ***You***, ***he*** and ***I*** are friends.
但複數時，則 we 在前，次爲 you，最後爲 they。

【例】 ***We***, ***you*** and ***they*** are all good students.

9 it 的特殊用法

① 代替動物或無生命的東西：

【例】 Where is the dog?
It is running (正在跑) .

【例】 Where is my book?
It is on the desk (書桌) .

② 表示時間、距離：

【例】 *It* is two o'clock.
It is three miles (英哩) from here.

③ 表示天氣：

【例】 *It* rained yesterday. (昨天下雨。)
It is snowing. (正在下雪。)
It is fine today. (今天天氣晴朗。)

④ 做形式上的主詞：

【例】 To speak the truth is right. (說實話是對的。)
It is right to speak the truth.

【註】 第二句中的真正主詞是 to speak the truth，It 只是形式上的主詞。

練習 5

(A) 把下列譯成英文：

1. 他比我高 (taller)。
2. 正在下雨 (rain)。
3. 正在下雪 (snow)。
4. 他昨天拜訪 (called on) 她。
5. 他是誰？
6. 「現在是什麼時候？」「三點鐘了。」

(B) 改錯：

1. He likes I.
2. The girl is afraid of they.
3. I, he and you are classmates (同班同學) .
4. I shall go with her and he.
5. He studies harder than me.
6. Who are them?
7. It is her.
8. Both you and me are honest.
9. If I were her, I would not go.
10. He is much taller than her.
11. He has seen you and I.
12. They talked about you and we.
13. The money is divided (分) between him and I.
14. They bought the book for she.
15. It is them that saw me.

10 所有代名詞

單　數	複　數
mine (我的)	ours (我們的)
yours (你的)	yours (你們的)
his (他的) hers (她的) its (它的)	theirs (他們的)

① 照用法，my, your, his, her, its, our, your, their 是形容詞，它們後面一定要有一個名詞，被它們所修飾，如 my book, his father, your mother 等。但是 mine, yours, his, hers, its, ours, yours, theirs 卻是代名詞，因此它們後面絕不可再接名詞。

【比較】 This is my pen（筆）.
This pen is ***mine***.

【比較】 This is their house.
This house is ***theirs***.

【比較】 I have my pen.
Have you got ***yours***?

【比較】 Are those your books?
No, they are ***hers***.

② of + 所有代名詞 = one of + 所有形容詞 + 名詞

【例】 He is a friend ***of mine***.
= He is one of my friends.

【例】 Mary is a sister ***of hers***.
= Mary is one of her sisters.

③ 比較的時候，如果表示所有權，要用所有代名詞，千萬不可用人稱代名詞。

【誤】 His book is newer than *I*.
【正】 His book is newer than ***mine***.

【誤】 Her house is better than *you*.
【正】 Her house is better than ***yours***.

【誤】 My desk is as pretty as（一樣好看）*they*.
【正】 My desk is as pretty as ***theirs***.

練習 6

(A) 改錯（沒有錯不改）：

1. Your head is bigger than I.
2. His hands are longer than she.
3. He is a friend of me.
4. This book is her.

5. That is my not your.
6. Tom's face is not so handsome（英俊的）as he.

(B) 翻譯：

1. 這本書是我的，而不是（not）你的。
2. 他是我們的一個朋友。
3. 他的錢（money）比她少。（less than）
4. 她的衣服（dress）沒有我的新。（not so～as）
5. 我的手和他們一樣長。（as～as）
6. 我看見她的一個叔父（uncle）。
7. 「那些是你的筆嗎？」「不，它們是他們的。」

11 複合人稱代名詞

<table>
<tr><th colspan="2">格
人稱 數</th><th>主格／受格</th><th>所有格</th></tr>
<tr><td rowspan="2">第一人稱</td><td>單</td><td>myself（我自己）</td><td>my own（我自己的）</td></tr>
<tr><td>複</td><td>ourselves（我們自己）</td><td>our own（我們自己的）</td></tr>
<tr><td rowspan="2">第二人稱</td><td>單</td><td>yourself（你自己）</td><td rowspan="2">your own（你自己的）
（你們自己的）</td></tr>
<tr><td>複</td><td>yourselves（你們自己）</td></tr>
<tr><td rowspan="3">第三人稱</td><td>單</td><td>himself（他自己）
herself（她自己）
itself（它自己）</td><td>his own（他自己的）
her own（她自己的）
its own（它自己的）</td></tr>
<tr><td>複</td><td>themselves（他們自己）</td><td>their own（他們自己的）</td></tr>
<tr><td>代表形</td><td>oneself 或 one's self</td><td>one's own</td></tr>
</table>

複合人稱代名詞也叫**反身代名詞**（Reflexive Pronoun）。它們的用法如下：

① **加強語氣：**

【例】
- He wants to do it ***himself***.（他要自己做它。）
- I ***myself*** will ask him.（我自己會問他。）
- You must answer the letter ***yourself***.（你必須自己回那封信。）

② **反身用法：**

【例】
- He killed ***himself***.（他自殺了。）
- I blamed ***myself***.（我責備自己。）
- She must help ***herself***.（她必須自助。）

③ **所有格用法：**

【例】
- I must do ***my own*** homework.（我必須做我自己的家庭作業。）
- He has a house of ***his own***.（他有自己的房子。）

練習 7

(A) 翻譯：

1. 我自己看見那個人。
2. 他把自己砍傷（cut）了。
3. 他們必須自助。
4. 他看不出自己的錯誤（mistake）。
5. 她有一本自己的字典。
6. 你不應羞辱（disgrace）自己。
7. 我們自己能夠做那工作。
8. 她自己可能會去看他。

9. 她做自己的衣服(dress)。
10. 他們自己這麼想(think so)。

(B) 改錯:

1. I have myself house.
2. I bought two apples for me.
3. We love only ourselve's children.
4. They and myself want to go.
5. The man hurt(傷)itself.

12 指示代名詞

單數	複數
this	these
that	those

單數	複數
the same	the same
such	such

① ***this*, *that*, *these*, *those***

(a) this(單數),these(複數);that(單數),those(複數)。

【例】
This is a good picture, but ***that*** is a bad one.
(這是一幅好畫,但那是一幅不好的畫。)
These are mine, but ***those*** are yours.
(這些是我的,而那些是你的。)

(b) that of 用來代替重覆的名詞,如果是複數,就須用 those of。

【例】
The population of Tokyo is larger than ***that*** (= the population) ***of*** Taipei.(東京人口比台北多。)
The houses of the rich are generally larger than ***those*** (= the houses) ***of*** the poor.
(有錢人的房子通常要比窮人的房子大。)

(c) those who = the people who（凡是～的人）

【例】
Those who wish to succeed must work hard.
（凡是希望成功的人都必須努力。）
Those who can speak English may go abroad.
（凡是能說英語的人就可以出國。）

② ***the same***

【例】
Whatever Tom did, I will try to do ***the same***.
（不論湯姆做什麼，我將設法做同樣的事。）
"Merry Christmas!"
（「祝你聖誕節快樂！」）
"***The same*** to you."
（「彼此，彼此。」）

但是 the same 也可以用來做形容詞。

【例】
They died on ***the same*** day.
（他們是同一天死的。）
Do you eat ***the same*** food every day?
（你每天吃同樣的食物嗎？）

③ ***such***

(a) such 表「如此」。

【例】
Such is my reward.（我的報酬是如此。）
Such are the results.（結果是如此。）
Such is the case.（情形是如此。）

(b) such as 表「像是」。

【例】 He bought some fruits, ***such as*** oranges, bananas, and pineapples.（他買了一些水果，像是柳橙、香蕉、鳳梨。）

(c) such…as～表「像～那樣…」。

【例】 I said no ***such*** things ***as*** that.
（我沒有說像那樣的事情。）

(d) such～that 表「非常～所以」。

【比較】
- He was ***such*** an honest man ***that*** I liked him very much.
  （他是一個非常誠實的人，所以我很喜歡他。）
- He was ***so*** honest ***that*** I liked him very much.
  （他非常誠實，所以我很喜歡他。）

【注意】 such～that 和 so～that 意義完全相同，只是 such 後接名詞，so 後接形容詞或副詞。

練習 8

※ 翻譯：

1. 這是一本書，但那是一枝鉛筆（pencil）。
2. 這些是她的，但那些是他的。
3. 我們同一天出發（start）。
4. 他有許多朋友，像是 Tom，John 和 Henry。
5. 他非常親切（kind），所以我很喜歡他。
6. 他是一個非常親切的人，所以我們都歡迎（welcome）他。
7. 我不喜歡像他那樣的人。
8. 他不肯（will not）做像那樣的工作（work）。
9. 凡是希望出國（go abroad）的人必須學英文。
10. 凡是努力（work hard）的人將會成功（succeed）。
11. 這本書的封面（cover）比那本字典的要美麗（more beautiful than）。
12. 兔子（hare）的耳朵比狗的長。

13 不定代名詞

① 不定代名詞的種類：

all, both, any, some, one, ones, none, other, another, something, anything, nothing, everything, somebody, anybody, everybody, nobody, anyone, someone, everyone, each, several, either, neither.

【注意】 all, both, some, any, one 等也可做形容詞用。

② 不定代名詞的用法：

(a) all 和 both

【例】
All that glitters is not gold. 〔單數〕
(【諺】會發光的並不都是金子；金玉其外，敗絮其中。)
All were dead. 〔複數〕
(全部都死了。)
Both of the two brothers went abroad.
(兄弟兩人都出國去了。)

(b) some 和 any

1. some（一些）用在肯定句中，any（一些）則用在否定問句以及 if 後面。

【例】
Have you ***any*** of his books? 〔問句〕
(你有他的一些書嗎？)
Yes, I have ***some***. 〔肯定〕
(是的，我有一些。)
No, I have not ***any***. 〔否定〕
(不，我一本也沒有。)
If you have ***any*** of his books, please lend me ***some***.
〔if 後〕(如果你有他的書，請借我一部份。)

2. 但是 some 和 any 也可以做形容詞用，它們用法的區別完全和上面一樣。

【例】
- Have you ***any*** money?〔問句〕
- Yes, I have ***some***.〔肯定〕
- No, I have not ***any***.〔否定〕
- If you have ***any*** money, please lend me ***some***.〔if 後〕

【注意】 some 和 any 後也可以接複數名詞。

【例】
- Are there ***any books***?
- There are ***some books***.

3. 如果我們的請求，希望得到對方肯定的回答，那麼問句就須用 some。

【比較】
- Have you ***some*** money?〔知道他有錢〕
- Have you ***any*** money?〔不確定他是否有錢〕

【例】 Have you ***some*** tea?（你有茶嗎？）

4. any 可表「任何」，可以用在肯定句中。

【例】
- ***Any*** boy can do this work.（任何男孩都能做這工作。）
- ***Any*** knife will do.（任何刀子都可以。）

5. somebody，something 和 anybody，anything 的用法，和 some 與 any 的用法相同。

【例】
- Is there ***anybody*** here?（這裏有人嗎？）〔問句〕
- Is there ***anything*** for me?（有要給我的東西嗎？）〔問句〕
- There isn't ***anything*** for you.（沒有要給你的東西。）〔否定〕
- There is ***something*** for you.（有一件要給你的東西。）〔肯定〕

6. some 表「某一」。

【例】 There is ***some*** man at the door.（某人在門口。）

練習9

(A)改錯（沒有錯不改）:

1. He has not some books.
2. I took any of it.
3. If he has some of my books, he will lend you any.
4. There is not something on the table.
5. There was something I wanted to show you.
6. Do you want some of this?（普通語氣）
7. If you want some of mine, please tell me.
8. Did you meet some of the men?（普通語氣）

(B) 選擇：

1. Is there (any, some) water?（普通語氣）
2. There are not (some, any) books.
3. If there is (some, any) trouble, let me know.
4. I want (some, any) stamps（郵票）; have you got (some, any)?
5. Is (somebody, anybody) ill（生病的）?
6. (Anybody, Somebody) will be better than he.
7. Is it (anybody's, somebody's) business（職責）?
8. Give me (some, any) apples.
9. We saw (some, any) flowers.
10. (Some, Any) books are more interesting than mine.

(c) one 和 none

1. one 表「人」，one's 是 one 的所有格，ones 是 one 的複數。

【例】
One should love ***one's*** country.
（人應該愛國。）
One has to do ***one's*** best.
（人必須盡力而爲。）

【注意】 one 的所有格用 one's，但美語中可用 his。

【例】 He has four oranges: a green ***one*** (= orange) and three yellow ***ones*** (= oranges).
（他有四個柳橙，一個是綠的，三個是黃的。）

【注意】 one 和 ones 用來代替 orange，避免重覆。但 one 也可用來修飾名詞。

【例】 There are ***two men***, two women and three children.
（有兩個男人，兩個女人，和三個小孩。）
【註】 one 當形容詞時，表示數目，稱爲數詞。(參照 p.46)

2. none 表「無人；沒有」。

【例】
None of the boys is present.
（沒有一個男孩出席。）
None of the boys are of any use to me.
（沒有一個男孩對我有用。）

【注意】 none 後接單複數動詞都可以。

【例】
Have you any pens?
（你有筆嗎？）
No, I have ***none***.
（不，我一枝也沒有。）

(d) other 和 another

1. other 表「其他的一個」，others 是 other 的複數。

【例】
I have shown you one; now I'll show ***the other***.
（我已經拿一個給你看了，現在我再拿另一個給你看。）
There is no ***other***.
（其他一個也沒有了。）
There are no ***others***.
（再沒有其他的了。）
There are two buildings on the hill. ***One*** is a library and ***the other*** is a museum.
（山丘上有兩棟建築物。一棟是圖書館，另一棟是博物館。）
There are so many ***others*** to choose from.
（有許多其他同類的東西可供選擇。）
To help ***others*** is the source of happiness.
（助人爲快樂之本。）

two	
▲	△
↑	↑
one	the other

【註】 others 也可表「別人」。但 other 也可做形容詞用，表「其他的」。

【例】
Have you any ***other*** book?
（你還有另外其他的書嗎？）
Give me ***other*** books.
（給我其他的書。）

2. another 表「另外一個」(= an other)。

【例】 I don't like this pen. Show me ***another***, please.
（我不喜歡這枝筆，請給我看另外一枝。）

但 another 也可以做形容詞用。

【例】 We shall want ***another*** example; this one is not enough.
（我們需要另外一個例子，這個不夠。）

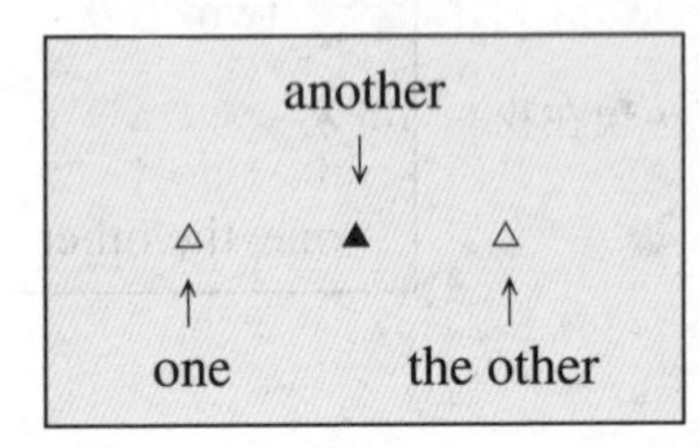

1 2 3
△ ▲ △.....
one + another + another…
one + a second + a third…

3. other 和 another 組成的重要成語。

(1) each other（兩個間的互相）── 只能做受詞

【例】
The two boys help ***each other***.
（兩個男人互相幫助。）
The two men fight with ***each other***.
（兩個男人打架。）

(2) one another（三人以上間的互相）── 只能做受詞

【例】 The three boys help ***one another***.
（三個男孩互相幫助。）

【註】 現代美語中，each other 和 one another 已不嚴格區分兩者或三者之間，可以混用。（詳見「文法寶典」p.142）

(e) everything, everybody, nobody, nothing

【例】
He knows ***everything***.（他萬事全知。）
Everybody likes him.（人人都喜歡他。）
I saw ***nobody*** here.
（在這裡我一個人也沒有看見。）
Nothing pleased him.
（沒有東西能使他高興。）

練習10

(A) 翻譯：

1. 我有兩個兄弟。一個是學生，另一個是軍人 (soldier)。
2. 人應該愛他的父母 (parents)。
3. 人不應該說謊 (tell a lie)。
4. 那兩個人互相爭吵 (quarrel with)。
5. 學生應互相幫助。
6. 我不喜歡這本書；給我另外一本。
7. 他有三隻狗，一隻是小的，兩隻是大的。
8. 沒有一個女孩喜歡我。
9. 給我另一個，不是這一個。
10. 沒有一個男孩能夠做這工作。

(B) 改錯 (沒有錯的不改)：

1. The two girls love one another.
2. One should do his best.
3. To help other is the source (來源) of happiness.
4. Men should help each other.

(C) 填空：

1. One cannot always know __________ own faults (過錯) .
2. If you want a pen, I will give you __________.
3. These will not do. Show me some better __________.
4. __________ of them were present (出席的) .
5. This won't do. Show me __________.
6. Some of them are red and the __________ are white.
7. The two students love __________.
8. The three boys fought with __________.

(f) each 和 several

1. each 表「每人各自；每個」，可以做代名詞，也可以做形容詞。

【例】
Each did his best.（每人各自盡力而爲。）
He gave two to ***each***.（他給每人各兩個。）

Each man may try twice.〔形容詞〕
（每個人可以試兩次。）
Each one of us has his duty.〔形容詞〕
（每個人各自有他的職責。）

【注意】 each 永遠是單數，所有格須用 his。

2. several 表「幾個」，也可以做代名詞，也可以做形容詞。要注意它永遠是複數，所以動詞也要用複數。

【例】
Several of them were broken.〔代名詞〕
（它們有幾個是破碎的。）
I already have ***several***.〔代名詞〕
（我已經有幾個了。）

Several people went out.〔形容詞〕
（有幾個人出去了。）
I have said so ***several*** times.〔形容詞〕
（我已經這樣說了幾遍了。）

(g) either 和 neither

1. either 表「兩者之一」，可以做代名詞，也可以做形容詞。

【例】
Either of us has to go.〔代名詞〕
（我們兩人中有一個必須去。）
Either of the two boys is sick.〔代名詞〕
（兩個男孩中有一個生病了。）

【注意】 either 永遠是單數，動詞也用單數。

【例】
*You may go by *either* road.* 〔形容詞〕
（兩條路中你可以走任一條。）
Either one will suit me. 〔形容詞〕
（兩個中有一個適合我。）

但 either 也可做副詞用，表「也」。

【比較】
I have ***also*** seen it.
I have seen it, ***too***.
I haven't seen it, ***either***.

【註】 also, too 表「也」，用在肯定句中，如果是否定句，須用 either。

2. neither 是 both（兩者都）的相反，表「兩者都不」，可以當代名詞用，也可以當形容詞用。

【例】
Neither of the books *is* satisfactory. 〔代名詞〕
（兩本書都不令人滿意。）
Neither of the boys *is* present. 〔代名詞〕
（兩個男孩都沒有到。）

【注意】 neither 永遠是單數，動詞也用單數。

【例】
In ***neither*** case can I agree. 〔形容詞〕
（在兩種情形中，那一個我都不能同意。）
Neither book is satisfactory. 〔形容詞〕
（兩本書中沒有一本令人滿意。）

練習 11

(A) 翻譯：

1. 他們每個人各自要試（try）一下。〔代名詞〕
2. 每個人各自有一個機會（chance）。〔形容詞〕
3. 兩人中有一個是我的兄弟。

4. 兩人中沒有一個是老師。
5. 我也要去。
6. 他也不要去。
7. 兩個女孩都不誠實。
8. 他也沒有來。
9. 男孩中有幾個生病了。〔代名詞〕
10. 有幾個男孩在踢（play）足球。〔形容詞〕

(B) 改錯：

1. Either of the girls are honest.
2. Several of the men is angry.
3. Each boy did their best.
4. Neither of the three students studies hard.
5. He does not like me, too.

14 疑問代名詞

① 疑問代名詞的種類：

格／功用	主格	所有格	受格
指人	who	whose	whom
指物、人的身份、職業	what	(of what)	what
指人和物，表「哪一個」	which	(of which)	which

② 疑問代名詞的用法：

(a) 疑問代名詞（主格）+動詞～？

主　　詞	動　　詞	受詞/補語/副詞
Who	studied	hard?
What person	made	this rule（規則）?
What	happened	yesterday?
Which answer（答案）	is	correct（正確）?
Which	is	correct?
Whose grade（分數）	was	the highest?
Whose	was	the highest?

【註】(1) who 只用於人，表「誰」。

(2) whose 是 who 的所有格，後面也可以接名詞，也可以不接。

(3) what 用於物，但也用於人，來表示他的身份或職業。

【比較】
Who is he?（他是誰？）
He is Mr. Carter.（他是卡特先生。）
What is he?（他是做什麼的？）
He is a teacher.（他是老師。）

(4) which 用來做選擇，也指人也指物，表「哪一」。它後面可以接名詞，也可以單獨使用。

【例】
Which came first, you or John?〔疑問代名詞〕
（你和約翰哪一個先來的？）

Which one is your brother?〔疑問形容詞〕
（哪一位是你哥哥？）

(b) 疑問代名詞可以做動詞的受詞，在此種情況，它須放在句首，其他字的位置完全和普通問句相同。

疑問詞 ＼ 一般疑問句	Did you see	them?
Whom	did you see?	
What plan（計畫）	do you suggest（建議）?	
What	do you suggest?	
Which picture	do you like?	
Which	do you like?	
Whose book	did she borrow（借）?	
Whose	did she borrow?	

(c) 上表的疑問代名詞是動詞的受詞，本表卻是介系詞的受詞，字的次序完全和上表相同，只是句尾多一個介系詞。

疑問詞 ＼ 一般疑問句	Did you go with	them?
Whom	did you go with?	
What	did you go for?	
Which class	did he go to?	
Which	did he go to?	

特別注意

疑問代名詞用在從屬子句中，不管主要子句是問句或敘述句，疑問代名詞後字的位置不必像問句一樣倒裝，只照敘述句的次序即可。此時疑問代名詞所引導的子句是名詞子句，在句子中做受詞或補語。

【誤】Do you know *who is he*?
【正】Do you know ***who he is***?

【註】who 後面主詞 he 和動詞 is 不必倒裝。

【誤】He asked me *what was my name*.
【正】He asked me ***what my name was***.

【註】what 後面主詞 name 和動詞 was 不必倒裝。

【誤】I don't know *whom do you* want to see.
【正】I don't know ***whom you want*** to see.

【註】whom 後面不必加 do，主詞 you 在前，動詞 want 在後，位置一如敘述句。

練習 12

(A) 翻譯：

1. 誰在說（speak）英語？
2. 誰的字典在桌子上？
3. 你遇到（meet）誰？
4. 你喜歡（fond of）誰？
5. 你從事什麼工作？
6. 你要什麼？
7. 茶和咖啡你喜歡（like）哪一樣？
8. 你看見哪一個人？
9. 他問我在做什麼。
10. 你知道他喜歡哪一本書。
11. 我不知道他從事什麼工作。
12. 你以爲（think）誰在讀英文？

(B) 改錯：

1. Whom are they?
2. I don't know which one is he.
3. Who do you think are they?
4. I ask him whom has he met.
5. I cannot tell which person does he like.

15 關係代名詞

① 關係代名詞的種類：

格 代表	主格	所有格	受格
人	who	whose	whom
動物，物	which	of which, whose	which
人，動物，物	that		that
動物，物	what		what

② 關係代名詞的功用：

關係代名詞具有三種功用，一是連接詞，二是代名詞，它所代替的字叫做先行詞，三是引導形容詞子句。

【例】 This is a boy. The boy can speak English.
= This is the boy ***who** can speak English*.
（這是一個能夠說英語的男孩。）

【註】 who 連接上面兩個句子，同時代替 boy，做 speak 的主詞，引導形容詞子句，修飾先行詞 boy。

【例】 This is a boy. You met（遇見）the boy yesterday.
= This is the boy ***whom** you met yesterday*.
（這是你昨天遇見的那個男孩。）

【註】 whom 連接兩個句子，同時代替 boy，做 met 的受詞，並引導形容詞子句，修飾先行詞 boy。

【例】 This is a boy. The boy's dog was lost（遺失）.
= This is the boy ***whose** dog was lost*.
（這是遺失小狗的那個男孩。）

【註】 whose 連接兩個句子，同時代替 boy's，表示所有格。

③ **關係代名詞用法：**

(a) who 代替人，做主詞用。

【例】 The man ***who*** *is standing at the door* is John.
(站在門口的人是約翰。)
【註】 who 代替 man，是動詞 is 的主詞。

【例】 The boy ***who*** *won the prize* is my brother.
(得獎的男孩是我的兄弟。)
【註】 who 是動詞 won 的主詞。

(b) whom 代替人，做受詞用。

【例】 The girl ***whom*** *I saw* was Mary.
(我看見的女孩是瑪麗。)
【註】 whom 代替 girl，是動詞 saw 的受詞。

【例】 The man ***whom*** *I know* is Tom.
(我認識的人叫湯姆。)
【註】 whom 代替 man，是動詞 know 的受詞。

【例】 The man ***whom*** *we are looking for* is our teacher.
(我們正在尋找的人是我們的老師。)
【註】 whom 代替 man，是介系詞 for 的受詞。

(c) whose 代替人，表示所有格。

【例】 The man ***whose*** *arm was broken* is my uncle.
(那個手臂摔斷的人是我叔叔。)
【註】 whose 代替 man's，表示所有格。

【例】 A child ***whose*** *parents are dead* is called an orphan.
(死了父母的小孩叫孤兒。)
【註】 whose 代替 child's，表示所有格。

特別注意

who 和 whom 的區別，凡學英文的人都覺得十分困惑，現在編者發明一簡單明瞭的方法，保證一學即會，永久不忘。就是：

1. who 後面接動詞。
2. whom 後面接名詞或代名詞。

現在讓我們來試一下：

【例】 The man (who, whom) is standing is Tom.

【註】答案是 who，因爲它後面是動詞 is。

【例】 The man (who, whom) you saw is Henry.

【註】答案是 whom，因爲它後面是代名詞 you。

(d) which 代替動物和物，它可以做主詞也可以做受詞。

【例】 That is the house ***which*** *belongs to me.*

（那就是屬於我的房子。）

【註】which 代替 house，而且是動詞 belongs 的主詞。

【例】 The house ***which*** *he built* was sold.

（他蓋的房子賣掉了。）

【註】which 代替 house，而且是動詞 built 的受詞。

【例】 The house ***which*** *I live* ***in*** is new.

（我住的房子是新的。）

【註】which 代替 house，而且是介系詞 in 的受詞。

【注意】 介系詞 in 放在 which 前也可以。

(e) of which 表示物的所有格，但是用 whose 也可以。

【例】 The house *the roof* ***of which*** *is red* belongs to me.
= The house ***whose*** *roof is red* belongs to me.
（紅屋頂的房子是屬於我的。）

(f) that 代替人，動物，物，可以當主詞也可以當受詞，但無所有格。

【例】
This is the man ***that*** (= who) *did it.*
（這就是做那件事的人。）

That is the dog ***that*** (= which) *stole your meat.*
（那就是偷你肉的狗。）

【注意】 下面是 that 的特殊用法：

1. 如果先行詞 (Antecedent) 有兩個，一個是人，一個是動物或物，就得用 that 來代替。

【例】 See ***the boy*** and ***the dog that*** *are coming this way.*
（你看朝這裡走過來的男孩和狗。）

2. 先行詞有最高級形容詞修飾時，用 that。

【例】 He is ***the most*** diligent boy ***that*** *I have ever seen.*
（他是我見過最勤勞的男孩。）

3. 先行詞前面有 first，second…序數的修飾時，須用 that。

【例】 He is the ***first*** man ***that*** *came to my new house.*
（他是第一個進我新房子的人。）

4. 先行詞前面有 all，the only，the first 等字修飾時，須用 that。

【例】
These are ***all*** the books ***that*** *I have.*
（這些是我全部所有的書。）

You are ***the only*** friend ***that*** *I have.*
（你是我唯一的朋友。）

He was ***the first*** man ***that*** *came.*
（他是最先來的人。）

5. that 用來加強語氣。

【例】 *It is* I ***that*** am wrong.（錯的是我。）
It is you, not Tom, ***that*** are to blame.
（該受責備的是你，不是湯姆。）

(g) what 的作用是複合關係代名詞，它本身就包括它代替的名詞（= the thing(s) which）

【例】 ***What*** (= The thing which) you said is not true.
（你說的話不是事實。）

【註】what 引導的子句不是形容詞子句，而是名詞子句。What you said 是本句的主詞。

【例】 I don't believe ***what*** you said.
（我不相信你說的話。）

【註】本句中 what you said 是名詞子句，是動詞 believe 的受詞。

又 what = all that（一切）

【例】 He did ***what*** (= all that) he could.
（他盡其所能的做。）

(h) no…but 都是；沒有不

【例】 There is ***no*** man ***but*** (= who not) *loves his country.*
（沒有人不愛自己的國家。）

There is ***no*** rule ***but*** (= which not) *has exceptions.*
（凡是規則必有例外。）

【註】此 but 是關係代名詞，代替人也代替物。

(i) such～as 像那樣的

【例】 We like ***such*** boys ***as*** (= who) *are hard-working.*
（我們喜歡像那樣努力工作的男孩。）

【例】 I don't like ***such*** books ***as*** (= which) *you bought yesterday.* （我不喜歡像你昨天買的那種書。）

【註】此 as 是關係代名詞，代替人也代替物，但須和 such 連用。

(j) the same～as 和～一樣

【例】
This is ***the same*** watch ***as*** (= which) *I lost yesterday.* （這是一只和我昨天遺失的一樣的錶。）

I have bought ***the same*** bicycle ***as*** (= which) you have.（我買了跟你一樣的腳踏車。）

④ 關係代名詞的省略：

關係代名詞如果作動詞或介系詞的受詞，也可以省略。

【例】 The man (***whom***) *you see there* is my uncle.
（你在那邊看到的人是我叔叔。）

【註】whom 是動詞 see 的受詞，可以省略。

【例】 The house (***which***) *he lives in* is mine.
（他住的房子是我的。）

【註】which 是介系詞 in 的受詞，可以省略。

16 複合關係代名詞

① 複合關係代名詞的種類：

主　　格	所有格	受　格
whoever（不論任何人）	———	whomever
whichever（不論哪一個）	———	whichever
whatever（不論什麼）	———	whatever

② **複合關係代名詞的用法：**

(a) 引導名詞子句

【例】 You may invite ***whoever*** (= anyone who) wants to come.
（你可以邀請任何想要來的人。）
【註】 whoever 是動詞 wants 的主詞，它引導的名詞子句是動詞 invite 的受詞。

【例】 You may give it to ***whomever*** (= anyone whom) you like.
（你可以把它給任何你喜歡的人。）
【註】 whomever 是 like 的受詞，引導名詞子句作介系詞 to 的受詞。

【例】
You may take ***whichever*** suits you.〔主格〕
（你可以拿走適合你的任一個。）
You may take ***whichever*** you like.〔受格〕
（你可以拿走你喜歡的任一個。）

【例】
You shall have ***whatever*** pleases you.〔主格〕
（我要給你任何你喜歡的東西。）
You shall have ***whatever*** you want.〔受格〕
（我要給你任何你想要的東西。）

(b) 引導副詞子句

【例】
Whoever may try it, he will find it impossible.
（不論任何人來嘗試，都會發覺它是不可能的。）
Whichever you may take, you will find it satisfactory.
（不論你拿哪一個，你都會覺得很令人滿意。）
Whatever he may do, he will surely succeed in it.
（不論他做什麼，他一定會成功。）

【注意】
Whoever
Whichever
Whatever
＋ may（但現代英語也可不用 may）

練習 13

(A) 選擇：

1. This is the old horse (who, which) was sold.
2. We saw the child (who, whom) was dancing.
3. I met an old friend (who, whom) I knew at once.
4. Did you notice the man (who, which) sat on the sofa?
5. I saw the bird (who, that) built this nest（巢）.
6. I see the person (who, whom) you were seeking（尋找）.
7. He is the best boy (whom, that) I have ever seen.
8. The house (which, that) he lives in belongs to me.
9. He is the only man (who, that) you mentioned.
10. He (who, whom) will not help must leave.
11. The man (who, whom) you hurt is recovering（復原）rapidly（迅速地）.
12. This is the man (who, whom) you can depend upon.

(B) 填入適當的關係代名詞：

1. Then came another man ________ nobody knew.
2. He is the tallest man ________ I have ever seen.
3. The child ________ we saw is Tom.
4. The child ________ dress was torn（撕破）was running home.
5. The boys ________ we invited accepted（接受）our invitation.
6. The family ________ house was burned is living with us.
7. The book ________ is on the table is hers.
8. The book ________ cover is red belongs to me.
9. John ________ came here is very rich.

10. Is that the man to __________ we spoke?
11. Do you know the man __________ house we saw?
12. The book __________ you bought does not suit（適合）me.
13. __________ he bought is no good.
14. I don't like __________ he said.
15. There is no man __________ laughs.
16. Don't make friends with such men __________ are dishonest.
17. These are all the men __________ we saw.
18. He is the only boy __________ can speak English.
19. __________ he does is of no importance.
20. This is the boy __________ wrote this composition（作文）.

(C) 翻譯：

1. 你畫（draw）的畫很好。
2. 穿（wear）紅衣服（dress）的女孩是我的姐姐。
3. 他是我見過最勇敢（brave）的男孩。
4. 我們談論（talk about）的人生病了。
5. 能說英文的人是我的老師。
6. 你昨天去拜訪（call on）的人是我的叔叔。
7. 在桌上的書是我的。
8. 那個紅頭髮（hair）的人是約翰。
9. 那個父親死了（dead）的人是很誠實的（honest）。
10. 那間有白色牆壁（wall）的房子是她的。
11. 這是要見你的女孩。
12. 這是你要見的女孩。
13. 這是我昨天買的桌子。
14. 這是昨天咬（bite）他的狗。
15. 這是我所擁有的最佳的字典。

形容詞
Adjective

形容詞是修飾名詞的。它可以放在名詞前面也可以放在後面。

【例】
- It is a ***new*** book.（這是一本新書。）
- The book is ***new***.（這本書是新的。）

【註】new 是修飾 book，第一句放在它前面，第二句放在它後面。

17 形容詞的種類

① 性狀形容詞（***Descriptive Adjective***）
② 數量形容詞（***Quantitative Adjective***）
③ 代名詞形容詞（***Pronominal Adjective***）

18 性狀形容詞

凡描寫性質，狀況等的形容詞都屬此類。

【例】
- a ***brave*** boy（一個勇敢的男孩）
- a ***learned*** man（一個有學問的人）
- a ***black*** horse（一匹黑馬）
- a ***sick*** lion（一隻生病的獅子）
- the ***English*** language（英語）
- a ***golden*** watch（一只金錶）

19 數量形容詞

凡描寫數量，程度，次序等形容詞都屬此類。

數量形容詞可分爲數詞與不定數量形容詞。

- 數量形容詞
  - 數詞
    - 基數詞 one, two, three,…
    - 序數詞 first, second, third, …
    - 倍數詞 half, double, twofold, …
  - 不定數量形容詞
    - 表數形容詞 many, few, several, …
    - 表量形容詞 much, little, …
    - 表數或量形容詞 some, any, all, no, …

① **數詞**：

基數	序數	縮寫
one	first	1st
two	second	2nd
three	third	3rd
four	fourth	4th
five	fifth	5th
six	sixth	6th
seven	seventh	7th
eight	eighth	8th
nine	ninth	9th
ten	tenth	10th
eleven	eleventh	11th
twelve	twelfth	12th
thirteen	thirteenth	13th
twenty	twentieth	20th
twenty-one	twenty-first	21st
twenty-two	twenty-second	22nd
twenty-three	twenty-third	23rd
forty	fortieth	40th

【注意】 forty 不要弄錯爲 *fourty*（沒有 u）。

② 不定數量形容詞：

數

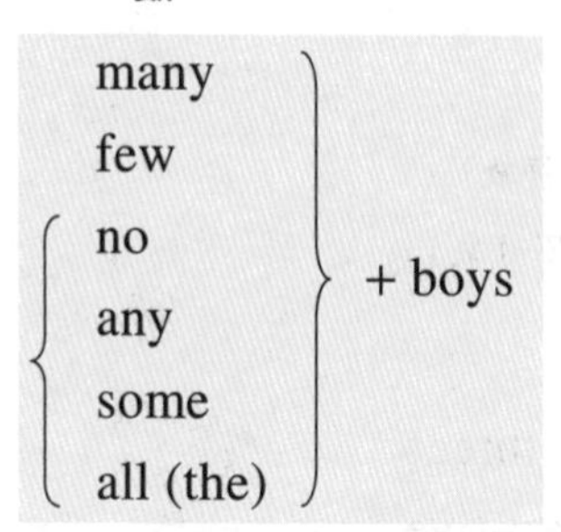

量

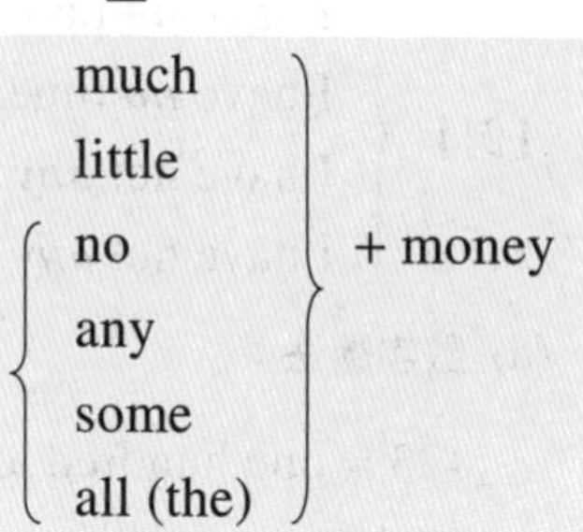

(a) many 和 much

【例】
He has ***many*** friends.（他有許多朋友。）
He has ***much*** bread.（他有許多麵包。）

【注意】 many 後接複數名詞，much 後接不可數名詞。

(b) few 和 little

【例】
There are *few* boys in the room.（房間裡沒幾個男孩。）
There is *little* money in my pocket.
（我口袋裡的錢很少。）

【注意】 few 後接複數名詞，little 後接不可數名詞。

特別注意

【比較】
I have ***a few*** books.（我有一些書。）
I have ***few*** books.（我有極少的書。）

【比較】
I have ***a little*** money.（我有一點錢。）
I have ***little*** money.（我有極少的錢。）

【註】 a few 和 few 在數字上不同，a few 雖少但還有，表「一些」；few 是少得可憐，表「極少」。a little 和 little 在量上不同，a little 表「一點」，little 表「極少」。

(c) **其他不定數量形容詞：**

【例】
- I have ***no*** books. 〔複數〕
- I have ***no*** time. 〔不可數〕
- I have not ***any*** friends. 〔複數〕
- I have not ***any*** money. 〔不可數〕

(d) **數字讀法：**

123 = one hundred and twenty-three
3,045 = three thousand and forty-five
1963 = nineteen sixty-three
the 7:30 train = the seven-thirty train
Napoleon I = Napoleon the First
Chapter II = Chapter Two

(e) **分數、小數點讀法：**

$\frac{1}{2}$ = a half　　$\frac{1}{3}$ = one third　　$\frac{2}{3}$ = two thirds

$\frac{4}{5}$ = four fifths　　$8\frac{3}{5}$ = eight and three fifths

2.04 = two point zero four
4.56 = four point five six
27045525（電話）= two seven O〔o〕four five five two five

20 代名形容詞

所謂代名形容詞，就是它們也可以做代名詞，也可以做形容詞。上一章代名詞中，我們已經討論過，爲了複習，再略予討論一遍。

① this, these, that, those, each, another, either, neither

【例】
This desk is mine.（這張書桌是我的。）
That book is yours.（那本書是你的。）
Each boy is honest.（每個男孩都誠實。）
I went into ***another*** room.（我進入另外一個房間。）
There were trees on ***either*** side of the road.
（通路兩旁都有樹。）
He supported ***neither*** side.（他兩方都不支持。）

【註】 這類形容詞除 these，those 外，都修飾單數名詞。

② both, several

【例】
Both the boys are sick.
（兩個男孩都生病了。）
I have seen her ***several*** times.
（我見過她幾次。）

【註】 這兩個形容詞都修飾複數名詞。

③ all, some, other, same, such

這些形容詞可以修飾單數，也可以修飾複數名詞。

單數	複數
all the world	***all*** the students
any paper	***any*** pencils
some ink	***some*** boys
the ***other*** side	***other*** directions（方向）
the ***same*** book	the ***same*** books
such a man	***such*** men

練習 14

(A) 改錯：

1. There are much people in the park.
2. He has a few money.
3. Few time will do.
4. There is many sugar in the bottle（瓶子）.
5. I am sorry I have a little money.

(B) 翻譯：

1. 我很高興（glad）我有一點時間讀英文。
2. 我很抱歉我有極少的書。
3. 他有許多錢買書。
4. 房間裡有許多人。
5. 公園裡（park）有許多花。

21 比 較

① 比較種類

原級（Positive Degree）— tall, diligent
比較級（Comparative Degree）— taller, more diligent
最高級（Superative Degree）— tallest, most diligent

② 比較級，最高級的變法

A. 規則變化

(a) 大部分一個音節的形容詞與部分兩個音節的形容詞，後面加 er 變成比較級，加 est 變成最高級。

原級	比較級	最高級
clear（清楚的）	clear***er***	clear***est***
small	small***er***	small***est***
large	larg***er***	larg***est***

fine	fin***er***	fin***est***
clever（聰明的）	clever***er***	clever***est***
narrow（狹窄的）	narrow***er***	narrow***est***

(b) 字尾是單子音，前面是短母音，加 er，est 時，須再加一個子音。

原級	比較級	最高級
big	big***ger***	big***gest***
hot	hot***ter***	hot***test***
fat（肥的）	fat***ter***	fat***test***

(c) 字尾是 y，前面是子音，把 y 變 i，再加 er，est。

原級	比較級	最高級
dry	dr***ier***	dr***iest***
happy	happ***ier***	happ***iest***

(d) -able，-ful，-ive，-ing，-less，-ous 等字尾的形容詞，比較級加 more，最高級加 most。

原級	比較級	最高級
readable（易讀的）	more～	most～
meaningful（有意義的）	more～	most～
active（積極的）	more～	most～
charming（迷人的）	more～	most～
hopeless（無希望的）	more～	most～
jealous（嫉妒的）	more～	most～

(e) 三個或三個音節以上的形容詞，加 more 變成比較級，加 most 變成最高級。

原級	比較級	最高級
beautiful	more～	most～
diligent（勤奮的）	more～	most～

(f) 有幾個形容詞有兩種比較變法，一種加 er，est，一種加 more，most。

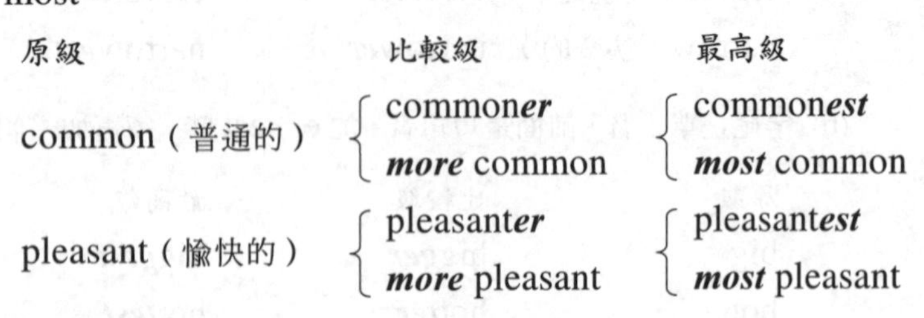

原級	比較級	最高級
common（普通的）	common***er*** / ***more*** common	common***est*** / ***most*** common
pleasant（愉快的）	pleasant***er*** / ***more*** pleasant	pleasant***est*** / ***most*** pleasant

B. 不規則變化

原級	比較級	最高級
good	better	best
bad	worse	worst
little	less	least
many / much	more	most
late	later（較晚的） / latter（後者）	latest（最晚的） / last（最後的）
far	farther（較遠的） / further（更進一步的）	farthest / furthest
old	older / elder	oldest（比較年齡大小） / eldest（比較長幼次序）

③ 比較級用法

(a) 正面比較

【例】
This problem is ***easy***.
（這問題很容易。）
The second one is ***easier***.
（第二題較容易。）
The third one is ***the easiest*** of all.
（第三題是全部題目中最容易的。）

【例】

He is ***diligent***.（他很用功。）

He is ***more*** diligent ***than*** any other boy in his class.

（他比班上的任何男孩都用功。）

He is ***the most*** diligent boy in his class.

（他是班上最用功的男孩。）

(b) 反面比較

【例】

He is ***strong***.（他很強壯。）

He is ***less*** strong than John.

（他沒有約翰強壯。）

He is ***the least*** strong in his class.

（他是班上最不強壯的。）

(c) 同等分量比較

as…as（用於正面） not so…as（用於反面）

【例】

An apple is ***as*** big ***as*** an orange.

（蘋果和柳橙一樣大。）

I am ***as*** honest ***as*** John.

（我和約翰一樣誠實。）

I am ***not so*** fat ***as*** you.

（我沒有你那麼胖。）

A grape is ***not so*** big ***as*** an orange.

（葡萄不像柳橙那麼大。）

【註】英語中的 not so…as 在美語中常用 not as…as 代替。

A grape is ***not as*** big ***as*** an orange.

特別注意

1. 兩種東西比較，須用比較級。

【誤】 Which of the two is the *tallest*?
【正】 Which is the ***taller*** of the two?

【誤】 She is the *most beautiful one* of the two.
【正】 She is the ***more beautiful one*** of the two.

2. 比較時不得用雙重比較符號。

【誤】 He is *more fatter* than I.
【正】 He is ***fatter*** than I.

【註】 有了 fatter 就不必再用 more 了。

3. 最高級前須加 the。

【誤】 He is *tallest* in his class.
【正】 He is ***the tallest*** in his class.

【誤】 He is *most careful* of all.
【正】 He is ***the most careful*** of all.

4. be + than + 代名詞主格

【誤】 I am older than *him*.
【正】 I am older than ***he*** (*is*) .

【註】 he 是省略動詞 is 的主詞。

【誤】 You are stronger than *me*.
【正】 You are stronger than ***I*** (*am*) .

5. 比較級如用 any，後面須加 other，把本身除外。

【誤】 He is better than *any boy* in the class.
【正】 He is better than ***any other boy*** in the class.
（他比班上任何其他同學都好。）

練習15

(A) 把下面的原級形容詞變成比較級與最高級：

1. thin（瘦的）	2. pretty	3. busy
4. wise	5. hot	6. famous（著名的）
7. bad	8. little	9. careful（小心的）
10. good	11. many	12. much

(B) 把下面的句子由原級變成比較級與最高級：

【例】
He is clever（聰明的）.
He is cleverer than I.
He is the cleverest of all.

1. She is beautiful.（Mary）

____

____

2. The boy is bad.（Tom）

____

____

3. He is not honest.（you）

____

____

(C) 改錯：

1. Tom is older than me.
2. You are strongest in the class.
3. Mary is more beautiful than any girl.
4. Which of the two boys is the strongest?
5. Robert is more honest than her.

6. This is best of all.
7. It was the most coldest day of the winter.
8. Whom do you like best, Mary or Jane?
9. The older of the four children died.
10. He is not so taller as I.

(D) 翻譯：

1. 我比他勇敢(brave)。

____

2. 約翰和我一樣勇敢。

____

3. 瑪麗沒有我勇敢。

____

4. 我是全體中最勇敢的。

____

5. 你比約翰不誠實。

____

6. 你是班上最誠實的學生。

____

7. 他比任何人快樂。

____

8. 他是世界上最快樂的人。

____

9. 但是他沒有我那樣快樂。

____

10. 牛肉或豬肉，你比較喜歡哪一種？

____

第 4 章 冠詞 Article

22 冠詞的種類

① 不定冠詞 (***Indefinite Article***) — a, an
② 定冠詞 (***Definite Article***) — the

23 不定冠詞用法

不定冠詞有兩個：a 與 an，a 用於子音開頭的字 (a book, a chair, a hotel, a man)，an 用於母音開頭的字 (an apple, an egg, an ox)。

但是 u 讀長音須用 a (a university, a useful man)；又 h 開頭而不發音，後面又接母音，須用 an (an hour, an honest man)。

① 帶有 “one” 的意思

【例】
He came here ***a*** week ago. (他一星期前就來這裡了。)
Not ***a*** man is present. (沒有人出席。)

② 帶有 “any” 的意思

【例】
An owl can see in the dark. (貓頭鷹在黑暗中看得見。)
A horse is a useful animal. (馬是有用的動物。)

③ 帶有 “a certain” (某一) 的意思

【例】
A boy told me so. (某一個男孩這樣告訴我。)
In ***a*** sense, it is true. (在某種意義上來說，這是眞的。)

④ 帶有 “per” (每一) 的意思

【例】
We should take a bath once ***a*** day.
(我們每天應該洗一次澡。)
We have English class twice ***a*** week.
(我們每週上兩次英文課。)

24 定冠詞 the 的用法

① 凡是單數普通名詞前必須加一冠詞 a 或 the

【比較】 I saw ***a*** boy coming.
I saw ***the*** boy coming.

【註】上面一句：「我看見一個男孩過來。」，雖然看見，卻不知道男孩的姓名或身份；下面一句：「我看見那個男孩過來。」，是已經清楚了男孩的一切，此句的 the 和 that 相同，只是沒有 that 強調而已。

② 凡是獨一無二的天體的名詞要加 the

【例】the earth, the sun, the moon, the sky, the Mars（火星）, the Jupiter（木星）

③ 凡是名詞在句中重複提到時要加 the

【例】We had ***a*** dog in the house. One night ***the*** dog disappeared.
（我們家裡有一隻狗，某天晚上那隻狗失蹤了。）

【註】第一句 dog 前用 a，等到第二句重複提到時，就須用 the。

④ 不言而喻的名詞 —— **即所指明顯易知，不須說明時，要加 the**

【例】Please shut ***the*** door.（把門關了。）

【註】我說話時，你已知道要關的門，即所謂不言而喻。

【例】May I take a little of ***the*** bread?
（我可以拿走一些麵包嗎？）

【註】我要拿走的麵包，你當然知道，不言而喻。

⑤ 凡是名詞後面接有形容詞片語（子句）者，要加 the

【例】
the boy at our school（接片語）
the boy who can speak English（接子句）
the boy standing at the door（接片語）

⑥ 最高級形容詞前面要加 the

【例】Tom is ***the most*** honest boy in the class.
（湯姆是班上最誠實的。）

⑦ 表示全體總稱，在單數普通名詞前加 the

【例】
The horse is a useful animal.
= All horses are useful animals.（馬是有用的動物。）
The ant is industrious.（螞蟻很辛勤。）

⑧ the + 形容詞 = 複數名詞

【例】***The rich*** (= Rich men) should help ***the poor*** (= poor men).（富人應該幫助窮人。）

⑨ 下面的片語中，要加 the

【例】
in ***the*** morning, in ***the*** afternoon
in ***the*** evening, in ***the*** daytime
in ***the*** night (*but* at night)
in ***the*** country, in ***the*** city
in ***the*** dark

⑩ 方向前面要加 the

【例】
in ***the*** east, in ***the*** south
in ***the*** west, in ***the*** north

⑪ 有特殊的專有名詞前面要加 the

(a) 海，洋，河，川

【例】***the*** Atlantic Ocean, ***the*** Yellow Sea, ***the*** Yantze River.

(b) 船的名字

【例】***the*** Empress of Canada（加拿大皇后號）

(c) 形式爲複數的專有名詞

【例】***the*** United Nations（聯合國）, ***the*** United States

(d) 專有名詞中帶有 of 者

【例】 ***the*** Republic of China（中華民國）, ***the*** Bank of Communications（交通銀行）, ***the*** Duke of Wellington（威靈頓公爵）

(e) 書籍，雜誌，報紙的名字

【例】 ***the*** Advanced John's Grammar（約翰高等文法）, ***the*** Times（時代雜誌）

(f) 山脈，群島的名字

【比較】
- ***the*** Alps（阿爾卑斯山脈）
- Mt. Everest（埃佛勒斯山峰）

【註】 山峰不加冠詞

【比較】
- ***the*** Philippines（菲律賓群島）
- Formosa（臺灣）

【註】 孤島不加冠詞

(g) 公共建築物的名字

【例】 ***the*** Ministry of Education（教育部）, ***the*** Imperial Theater（帝國戲院）, ***the*** White House（白宮）, ***the*** British Museum（大英博物館）

25 定冠詞與複數名詞

複數名詞前面可以加 the，也可以不加 the。如果不加，就是指一般的人或物；如果加，就是只特定的人或物。

【比較】
- ***Boys*** should love their parents.（男孩應該愛父母。）
- ***The boys*** are playing football.（那些男孩在踢足球。）

【註】 上句的 boys 是指一般的男孩，所以不加冠詞；下句的 boys 是指特殊的男孩，所以要加定冠詞 the。

【比較】
I like reading ***books***. 〔一般的書〕
（我愛讀書。）
The books on the desk are mine. 〔特殊的書〕
（桌上的書是我的。）

【比較】
Students should study hard. 〔一般的學生〕
（學生應該用功讀書。）
The students are in class. 〔特殊的學生〕
（那些學生在上課。）

【比較】
John is not at home.（約翰不在家。）
The Johns are well.（約翰一家人都很好。）

【註】專有名詞複數前加 the，後加 s，表「一家人」。

26 冠詞的省略

① 物質名詞，抽象名詞（凡是不可數的名詞）

【比較】
Gold is a valuable metal.（金是貴重的金屬。）
The gold on the table is mine.（桌上的金屬是我的。）

【註】gold 是物質名詞，不須加 the，但下句的 gold 是特殊的金子，就須加 the。參閱第二章 24 ⑤ 以及 25，我們就可以得到一個結論，就是不論什麼種類名詞，不論單複數，只要是特殊的，就須加 the。

【比較】
Love is blind. 〔抽象名詞指一般的愛〕
（愛情是盲目的。）
The love of parents is pure. 〔特殊的愛〕
（父母親的愛是純潔的。）

【比較】
Sugar is sweet. 〔物質名詞，指一般的糖〕
（糖是甜的。）
The sugar here is exported. 〔特殊的糖〕
（這裡的糖是外銷的。）

② 人名，地名

【例】
Tom loves ***Henry***.（湯姆愛亨利。）
Taipei is the largest city in ***Taiwan***.
（台北是台灣最大的都市。）

③ 普通名詞化爲專有名詞

【例】
God save the king!（國王萬歲！）
Heaven helps those who help themselves.
（【諺】天助自助者。）
I know ***Father*** will return soon.
（我知道爸爸馬上就會回來。）

④ by + 交通工具，通訊工具

【例】 I went to Taipei ***by train***, not ***by bus***.
（我搭火車而不是搭巴士去台北。）

【類似】 by airplane（搭飛機）, by steamer（搭輪船）

【例】 He told me the news ***by telephone***.
（他用電話告訴我那消息。）

【類似】 by telegram（用電報）, by mail（用信）

⑤ 一般的餐名不加，特殊的餐名要加

【比較】
I take a walk before ***breakfast***.〔一般的〕
（我早餐前散步。）
The breakfast I had was light.〔特殊的〕
（我吃的早餐很清淡。）

⑥ 一般的四季名字不加，特殊的要加

【比較】
Winter has come.〔一般的〕
（冬天已經來了。）
The winter of 1956 was coldest.〔特殊的〕
（一九五六年的冬天很冷。）

⑦ man，woman 指全體

【例】
Man has reason.（人是理智的。）
Man is stronger than *woman*.（男人比女人強壯。）

⑧ 病名，學科名

【例】
She is suffering from *tuberculosis*.（她在患肺病。）
Mathematics is more difficult than *politics*.
（數學比政治學難。）

【注意】特殊的病名、學科名仍須加冠詞。

⑨ 呼叫人的名稱

【例】
Come along, *son*.（兒子，快來吧。）
I'm coming soon, *Mother*.（媽，我馬上就來。）

⑩ 同位語（*Appposition*）

【例】
Henry IV, *King* of England
Mr. Smith, *principal* of our school

【註】上句 King 和 Henry IV 同位，下句 principal 和 Mr. Smith 同位，所以都不加 the。

⑪ 官職，身分

【例】The people elected him *President*.（人民選他爲總統。）

【類似】Queen Elizabeth, Doctor Smith, Professor Henry, Cousin Tom

⑫ 公共建築如 school, church, market, prison, bed, class 等，做抽象名詞用

【例】We go
to *school*.（上學）
to *church*.（做禮拜）
to *market*.（購物）
to *bed*.（睡覺）
to *prison*.（坐牢）
（抽象意義）

但是這些地方如果指本身建築而言，那就須加冠詞。

【例】
- I went to ***the school*** to see Tom.（我去學校看湯姆。）
- I live near ***the church***.（我住在教堂附近。）
- I met her at ***the market***.（我在市場遇見他。）

【註】上句中之 school, church，market 都指其本身建築，所以都加 the。

⑬ home 做副詞用

【例】
- He returned ***home***.（他回家了。）
- I met Tom on my way ***home***.（我在回家的途中遇見湯姆。）

⑭ most 表「大多數」

【比較】
- He is ***the most*** honest of all.（他是全體中最誠實的。）
- ***Most*** of the boys are diligent.（大多數的男孩是用功的。）

⑮ this kind of 和 this sort of 後的名詞

【例】I don't like ***this kind*** (***sort***) ***of boy***.（我不喜歡這種男孩。）

⑯ 成雙名詞如，父子，夫妻，老少，貧富，日夜等

【例】father and son, husband and wife, old and young, rich and poor, day and night

27 冠詞的位置

① 冠詞通常放在名詞前，但如果有形容詞或副詞場合，它就要放在它們的前面

【例】

冠詞＋名詞	a flower
冠詞＋形容詞＋名詞	a red flower
冠詞＋副詞＋形容詞＋名詞	a very red flower

② all, both, double, half + 定冠詞 + 名詞

【例】
- ***All the*** boys are diligent.（全部男孩都用功。）
- ***Both the*** boys were present.（兩個男孩都出席了。）
- ***Half the*** class are absent today.
（一半的學生今天都缺席。）
- He paid ***double the*** price.（他付雙倍的價錢。）

③ half, many, such, what + 不定冠詞 + 名詞

【例】
- ***Many a*** student tells lies.（許多學生說謊。）
- I have never seen ***such a*** bad boy.
（我從來沒有看過像這樣的壞孩子。）
- ***What an*** honest man he is!
（他是一個多麼誠實的人啊！）
- I spent ***half an*** hour studying English.
（我花了半小時讀英文。）

練習 16

(A) 填入適當的冠詞（不需填者打×來表示）：

1. There is __________ book on the table. Please bring me __________ book.
2. He is __________ tallest in our class.
3. Won't you open __________ door?
4. Paris is __________ capital（首都）of __________ France.
5. I have never seen such __________ good boy.
6. __________ iron is heavier than __________ lead（鉛）.
7. __________ iron used in Taiwan is imported（進口）.
8. __________ honesty is the best policy（上策）.
9. __________ honesty of Tom is sure.
10. __________ soldiers should obey orders（服從命令）.

11. __________ soldiers are marching（齊步前進）toward the city.
12. __________ dinner is ready.
13. __________ dinner he had was delicious.
14. __________ summer is a hot season.
15. __________ summer of 2001 was very hot.
16. Tom goes to __________ school every day.
17. Tom goes to __________ school to see his teacher.
18. Henry is at __________ class（正在上課）.
19. __________ class has 50 boys.
20. He went to America by __________ airplane and returned by __________ steamer.
21. __________ man is walking on the street.
22. __________ man is mortal（必死的）.
23. I don't like this kind of __________ girl.
24. When did you return __________ home?
25. He spent half __________ hour writing this letter.
26. __________ horse is __________ useful animal.
27. __________ horses cannot swim（游泳）.
28. __________ rich are not always happy.
29. __________ United Nations holds（舉行）its meetings in __________ United States.
30. I studied __________ economics（經濟學）in college.

(B) 改錯：

1. I like the gold better than the silver.
2. He informed（通知）me of the news by the telegram.
3. I don't like this sort of a man.

4. Tea of Taiwan is exported (出口) .
5. He is not at the home.
6. He goes to the church every day.
7. We elected him the chairman (主席) .
8. He has slept a half hour.
9. The lunch will be served (端出) at twelve o'clock.
10. In the winter we shall have no snow here.
11. The school begins at eight o'clock.
12. Tom, the second son of my friend, will go abroad (出國) .
13. The father and the son are taking a walk in the park.
14. He went there by the train.
15. I like to read Reader's Digest (讀者文摘) .

(C) 翻譯：

1. 友誼 (friendship) 對我們而言是必須的 (necessary)。
2. 我與瑪麗之間 (between) 的友誼是純潔的 (pure)。
3. 棉花 (cotton) 是有用的 (useful) 東西。
4. 美國的棉花是輸出的 (export)。
5. 學生應該愛國。
6. 我們學校的學生想要去旅行 (take a trip)。
7. 我每天上學。
8. 我去學校看我的同學。
9. 我在早餐前讀英文。
10. 我喜歡秋天 (autumn)。
11. 長江 (Yantze River) 是中國最長的河流。
12. 卡特 (Carter) 一家人昨天來拜訪 (call on) 你。
13. 中華民國 (republic) 的人民愛好和平 (peace)。
14. 我喜歡寫信 (letter)。
15. 桌上的信都是我的。

第 5 章 副詞 Adverb

28 副詞的功用

① 修飾動詞

【例】
He speaks ***slowly***.（他慢慢地說話。）
He studies ***hard***.（他用功讀書。）
He runs ***quickly***.（他跑得快。）

【註】上句中的斜體字都修飾各句的動詞，所以全是副詞。

② 修飾形容詞

【例】She is ***very*** beautiful.（她很美。）

【註】very 是副詞，修飾 beautiful。

【例】It isn't good ***enough***.（它不夠好。）

【註】enough 修飾 good，所以是副詞。

③ 修飾副詞

【例】He speaks ***very*** loudly.（他說話很大聲。）

【註】very 修飾 loudly，所以是副詞。

【例】He walks ***rather*** slowly.（他走得相當慢。）

【註】rather 修飾 slowly，所以是副詞。

④ 修飾全句

【例】***Fortunately***, he did escape.
（幸好他真的逃走了。）

【註】fortunately 修飾全句，而不是修飾句中任何其他的字。

【例】***Apparently***, he is honest.（顯然他是誠實的。）

29 副詞的種類

① 簡單副詞（***Simple Adverbs***）
② 疑問副詞（***Interrogative Adverbs***）
③ 關係副詞（***Relative Adverbs***）

30 簡單副詞

① 表示時間的副詞

【例】
He will ***soon*** come here.（他馬上就要到這裡來。）
They went to Taipei ***yesterday***.（他們昨天去台北。）

【類例】 now, then, ago, before, early, late sometime, lately（最近）, recently（最近）, tomorrow, today, immediately（立刻）, at once（馬上）

② 表示場所的副詞

【例】
Go ***there*** and be seated on the sofa.
（去那邊坐在沙發上。）
There are some children on the bench.
（長板凳上有一些小孩。）
The boys are playing ***outside***.
（那些男孩在外面玩。）
Please come ***in***.（請進。）

【類例】 here, there, outside, in, out, up, down, away, back, everywhere, somewhere

③ 表示狀態的副詞

【例】
He speaks ***carefully***.（他小心說話。）
He walks ***slowly***.（他慢慢走路。）
He runs ***quickly***.（他跑得快。）

【注意】(1) 大部分表示狀態的副詞是由形容詞後加 ly 而成。如：
kind — kindly, slow — slowly, quick — quickly。

(2) 如果形容詞字尾是 y，它前面又是子音，須把 y 變成 i，再加 ly，如：happy — happily, easy — easily。

(3) 如果形容詞字尾是 le，須把 e 去掉，再加 y，如：
possible — possibly, simple — simply。
【例外】whole（完全）— wholly

(4) 形容詞 true 變副詞時，末尾的 e 去掉，再加 ly，
true（眞實的）— truly。

特別注意

A. 有些副詞加了 ly，與不加者意義完全不同。

(a) hard（努力地）— hardly（幾乎不）

【例】
Tom studies ***hard***.（湯姆用功讀書。）
John ***hardly*** knows his own faults.
（約翰幾乎不知道他自己的缺點。）

(b) late（晚）— lately（最近）

【例】
They came ***late***.（他們來晚了。）
They have come ***lately***.（他們最近來了。）

【註】lately 通常和現在完成式連用。

(c) short（突然）— shortly（不久）

【例】
They stopped ***short***.（他們突然停止了。）
They will return ***shortly***.（他們不久就會回來。）

(d) near（近）— nearly（幾乎）

【例】
We live quite ***near***.（我們住得很近。）
He ***nearly*** missed the train.（他幾乎沒有趕上火車。）

(e) high（高）— highly（非常地）

【例】
He climbed ***high***.（他爬得很高。）
He spoke ***highly*** of you.（他十分讚許你。）

B. 有些字字尾雖帶 ly，但實際上是形容詞而非副詞，千萬別弄錯。

【例】
He wrote me a ***friendly*** letter.
（他寫給我一封友善的信。）
She is a ***lovely*** woman.（她是一個可愛的女人。）

④ 表示頻率的副詞

【例】
He ***often*** plays in the yard.（他時常在院子裡玩。）
He is ***often*** absent from class.（他時常缺課。）
He ***always*** tells lies.（他總是說謊。）
He is ***always*** busy.（他總是很忙。）
He ***never*** smokes.（他從不抽煙。）
He is ***never*** angry.（他從不生氣。）

【類例】 generally（通常）, usually（通常）, once（一次）, twice（兩次）, seldom（很少）, rarely（很少）, hardly（幾乎不）, scarcely（幾乎不）, sometimes（有時候）

【注意】 表示頻率的副詞（once 和 twice 除外），都須放在一般動詞前面，be 動詞後面，看了上面的例句即知。

⑤ 表示程度的副詞

【例】
This book is ***very*** easy.（這本書很容易。）
This book is ***much*** easier than I expected.
（這本書比我想像中的要容易得多。）
Are you warm ***enough***?（你夠暖和嗎？）
He was ***too*** busy.（他太忙了。）
He is ***rather*** stupid.（他相當笨。）

【類例】 entirely（完全）, completely（完全）, little（很少）, just（剛剛）, more（較多）, less（較少）, most（最）, quite（相當）

特別注意

A. very — much

(a) very 修飾原級，much 修飾比較級。

【例】 He is ***very*** well.（他很健康。）
He is ***much*** better now.（他現在好多了。）

(b) very 修飾現在分詞，much 修飾過去分詞。

【例】 This book is ***very*** interesting.
（這本書很有趣。）
I am very ***much*** interested in this book.
（我對這本書很感興趣。）

【例外】 有些過去分詞已變成為純形容詞者，可用 very 修飾。

【例】 I am ***very*** tired.（我很疲倦。）
He is ***very*** (*much*) pleased at the news.
（他對那消息感到很高興。）

(c) very 常用來修飾 much 加強程度，表「非常」。

【例】 I was ***very much*** surprised.（我非常驚訝。）
He doesn't swim ***very much***.（他不常游泳。）
Do you see him ***very much***?（你常看見他嗎？）

【註】 very much 形容動詞時，放在後面。

B. good — well

good 是形容詞，well 是副詞，但也可當形容詞用，表「健康」。

【例】 He is ***good***.（他品行好。）
He is ***well***.（他身體健康。）
He works ***well***.（他工作做得好。）

C. enough 當副詞放在被修飾的字後面。

【例】
I haven't ***enough*** time.〔形容詞〕
（我沒有足夠的時間。）
He is not old ***enough*** to drink coffee.〔副詞〕
（他年齡還沒有大到可以喝咖啡。）
Is it good ***enough***?〔副詞〕（這夠好嗎？）

D. too～to（太～以致於不）

【例】
He is ***too*** old ***to*** work.（他太老了，所以不能工作。）
He is ***too*** young ***to*** do it.（他太年輕了，所以無法做它。）

E. too — either

表「也」，too 用在肯定句，either 用在否定句。

【例】
He wants to come, ***too***.（他也想來。）
He doesn't want to come, ***either***.（他也不想來。）

⑥ 表示否定的副詞

【例】
I can***not*** do it.（我不能做它。）
I can ***hardly*** do it.（我幾乎不能做它。）
I ***never*** like to swim.（我從來就不喜歡游泳。）
He will ***surely*** succeed.（他一定會成功。）

【類例】 yes（是）, no（否）, probably（也許）, maybe（也許）, certainly（當然）, etc.

特別注意

yes — no 的用法

yes 永遠用在肯定句中，no 永遠用在否定句中，這是很容易弄錯的兩個字，所以也常考。

【例】
- Is he honest?（他誠實嗎？）
- ***Yes***, he is.（是的。）
- ***No***, he isn't.（不是。）
- Does he tell lies?（他說謊嗎？）
- ***Yes***, he does.（是的。）
- ***No***, he doesn't.（不。）

【註】 yes, no 後面的字除動詞外，其他的字不必重覆。問句是 be 動詞，則用 be 動詞回答，問句是助動詞，則用助動詞回答，問句是用 do（did, does），則用 do（did, dose）回答。

31 副詞的位置

① 副詞＋形容詞

【例】
- He is ***very*** clever.（他很聰明。）
- He is ***rather*** honest.（他相當誠實。）

② 副詞＋副詞

【例】
- He works ***very*** hard.（他工作很努力。）
- He speaks ***too*** loudly.（他說話聲音太大聲。）

【例外】 He doesn't speak loudly ***enough***.（他說話聲音不夠大。）

【註】 enough 放在被修飾的字後面。

③ 不及物動詞＋副詞

【例】 He spoke
- ***quietly***（小聲地）.
- ***loudly***（大聲地）.
- ***clearly***（清晰地）.
- ***slowly***（慢慢地）.
- ***rapidly***（快速地）.

④ 及物動詞＋受詞＋副詞

【例】
- He wrote this letter ***carelessly***.（他這封信寫得很粗心。）
- I praised him ***highly***.（我十分讚許他。）

【注意】如果受詞後面尚有形容詞子句，或另外的動詞，通常把副詞放在動詞前面。

【例】I ***highly*** praised the boy who studies hard.
（我十分讚許那用功的男孩。）

⑤ 頻率副詞＋動詞

【例】He { ***always***（總是） / ***usually***（通常） / ***seldom***（很少） / ***never***（從不） } comes on time.（準時到）

【註】參閱 **30** 第④條。除上面幾個頻率副詞外，其餘的也可以放在一般動詞前面。

【例】I { ***often***（時常） / ***sometimes***（有時） / ***rarely***（很少） } write to her.（寫信給她）

⑥ be＋頻率副詞

【例】He is { ***often***（時常） / ***rarely***（很少） / ***seldom***（很少） / ***never***（從不） / ***usually***（通常） } absent.（缺席）

⑦ 助動詞＋頻率副詞＋主要動詞

【例】
- He will ***always*** speak the truth.（他會永遠說實話。）
- He may ***never*** succeed in his work.（他的工作也許永遠不會成功。）
- He has ***never*** seen me.（他從沒有看過我。）

⑧ 助動詞＋副詞＋助動詞＋主要動詞

【例】If I had had time, I would ***not*** have missed the train.
（如果我有時間，我就不會趕不上那班火車。）

⑨ 動詞＋時間副詞

【例】 He left { ***today***. / ***last week***.
tonight. / ***this morning***.
yesterday. / ***at once***. }

【註】 但時間副詞也可以放在句首。

【例】 ***Yesterday*** he left for Taipei.

⑩ ***still***＋主要動詞

【例】
He ***still*** works here.（他仍然在這裡工作。）
He is ***still*** working here.（他仍然在這裡工作。）
He ***still*** doesn't like her.（他仍然不喜歡她。）
He ***still*** hasn't finished the book.
（他仍然還沒有完成那本書。）

【註】 在否定句中，still 放在助動詞前面。

⑪ 動詞＋地方副詞＋狀態副詞

【例】
He went ***there quickly***.（他很快去那裡。）
He returned ***home secretly***.（他偷偷回家。）

⑫ 動詞＋地方副詞＋時間副詞

【例】
He left ***here yesterday***.（他昨天離開這裡。）
I saw them ***there at two o'clock last Saturday***.
（我上星期六兩點鐘在那裡看見他們。）

【註】 短的時間放在長的時間前面，two o'clock 放在 last Saturday 前面。

⑬ 動詞＋地方＋狀態＋次數＋時間

【例】 The postman comes to my house（地方） regularly（狀態） twice a day（次數） in December（時間）.

（郵差在十二月固定每天到我家兩次。）

⑭ 副詞 + 動詞 + 主詞 (倒裝句)

爲了加強語氣，副詞常常放在句首。

【例】
- ***There*** stood John. (約翰站著那裡。)
- ***Away*** went Henry. (亨利離開了。)
- ***Down*** we went. (我們往下走。)
- ***Up*** we climb. (我們往上爬。)

【注意】如果主詞是代名詞，主詞放在前面，動詞放在後面，參閱上例中的下面兩句即知。

⑮ 否定副詞 + 助動詞 + 主詞 + 原形動詞 (倒裝句)

【例】
- He never tells lies. [普通]
- ***Never does*** he tell lies. [加強]
- (他從不說謊。)

【例】
- He can hardly read. [普通]
- ***Hardly can*** he read. [加強]
- (他幾乎不識字。)

【註】上面兩句把否定副詞放在句首，主詞及動詞放在後面，其目的在加強語氣。要注意助動詞後的主要動詞須用原形。

練 習 17

※ 翻譯：

1. 他永遠守信 (keep his word)。
2. 他永遠對人和氣 (kind)。
3. 他通常六點起床 (get up)。
4. 他通常對我表示同情 (sympathetic)。
5. 他很少拜訪 (call on) 他的老師。
6. 他很少對人生氣 (angry)。
7. 他的工作將永遠做不成功 (succeed in)。

8. 他也許很少犯錯（make mistakes）。
9. 他通常考試能夠及格（pass）。
10. 我在昨天三點鐘看見他在公園裡。
11. 他依舊沒有得到（hasn't got）他的報酬（reward）。
12. 我非常喜歡那男孩。
13. 我非常喜歡那個說實話（tell the truth）的男孩。
14. 他固定（regularly）每月回家兩次。
15. 他一定會按時（on time）寫完（finish）他的著作（writing）。

32 副詞的比較

① 比較級與最高級的變法

副詞的比較和形容詞比較大致相同，茲將其變法列舉如下：

(a) 一個音節或少數兩個音節的副詞，加 er 變成比較級，加 est 變成最高級。

原級	比較級	最高級
near（近）	nearer	nearest
hard（努力）	harder	hardest
late（晚）	later	latest
fast（快）	faster	fastest
early（早）	earlier	earliest

(b) 副詞字尾是 ly 者，肯定加 more，否定加 less，變成比較級；肯定加 most，否定加 least，變成最高級。

原級	比較級	最高級
brightly（光明地）	more～	most～
wisely（明智地）	more～	most～
honestly（誠實地）	more～	most～
diligently（用功地）	more～	most～

(C) 少數副詞變化是不照規則的。

原級	比較級	最高級
well（良好）	better	best
ill / badly（惡劣）	worse	worst
little（少）	less	least
much（多）	more	most

② 比較用法

【例】
He eats ***very much***.〔原級〕
（他吃得很多。）
He eats ***more*** than I do.〔比較級〕
（他吃得比我多。）
He eats (*the*) ***most*** in our class.〔最高級〕
（他在我們班上吃得最多。）

【注意】副詞最高級和形容詞不同，冠詞 the 可省略。

33 疑問副詞

① 疑問副詞的種類

疑問副詞共有四個，即 when、where、why、how。

② 疑問副詞的用法

(a) 放在一般問句的開頭，用來發問。

	Did you go? （你去了嗎？）
When（何時） ***Where***（哪裡） ***How***（如何） ***Why***（爲什麼）	did you go? did you go? did you go? did you go?

但 how 常和 much, many, far, long 等字連用，來發問。

【例】
- ***How much*** does this cost?（這值多少錢？）
- ***How many*** times have you gone there?（你去過那裡幾次？）
- ***How far*** is it to the post office?（到郵局有多遠？）
- ***How long*** will he stay in Hong Kong?（他會在香港停留多久？）

(b) 引導名詞子句。

【例】 I know { ***how*** / ***when*** / ***where*** / ***why*** } you did it.

【註】 這些疑問副詞引導的子句 you did it 是名詞子句，做動詞 know 的受詞。

(c) 和不定詞連用，形成名詞片語。

【例】 I know { ***how*** / ***when*** / ***where*** / ***why*** } to do it.

34 關係副詞

關係副詞（when, where, why, how）形式完全和疑問副詞相同，但用法卻不同，它們是用來引導形容詞子句。

【例】
- I have forgotten the time ***when***（= at which）I did it.（我忘了是何時做它的。）
- I remember the place ***where***（= at which）I did it.（我記得做它的地方。）
- This is the reason ***why***（= for which）I did it.（這就是我做它的理由。）

【註】 the way how 是古老的用法，現已不用。通常只用 the way 或 how 即可，或是用 the way in which。This is ***how*** (*or* ***the way***) I did it.（這是我做它的方法。）

35 副詞片語與子句

副詞不僅只是一個字，而也有片語（Phrase）與子句（Clause），其功用自然完全和副詞相同。

① 副詞片語

【例】 I saw them
- ***now and then***（偶爾）.
- ***twice a day***（一天兩次）.
- ***in the park***（在公園）.
- ***at the theater***（在戲院）.

【註】 斜體的片語都是修飾動詞 saw，所以都是副詞片語。

② 副詞子句

【例】
- ***When I entered the park***, I saw a snake.
（我進公園時看見一條蛇。）
- ***After he had finished his homework***, he went to bed.
（他做完功課後就睡覺。）

【註】 凡是連接詞 when, after, before, as, while, since, because, if 等引導的子句，修飾動詞或全句時，都是副詞子句。

練習 18

(A) 選擇：

1. He slept (good, well) last night.
2. He is (very, much) honest.
3. “Have you seen Tom?” “(Yes, No), I haven’t.”
4. He returned home (late, lately).

5. The news is (very, much) interesting.
6. He climbed (high, highly).
7. Tom works (hard, hardly).
8. He (near, nearly) failed the examination.
9. I felt (very, much) tired.
10. He is (very, much) stronger than before.
11. He spoke very (good, well) at the meeting.

(B) 改錯：

1. He has finished it late.
2. “Is he honest?” “No, he is.”
3. He always studies hardly.
4. He is very more honest than I.
5. He gets up always early.
6. I am not enough strong to do this job.
7. He seldom does his work good.
8. He rarely speaks careful.
9. I am very surprised at his failure.
10. He went at seven o’clock to the station.

(C) 翻譯：

1. 他為什麼要去台北？
2. 他將何時做完（finish）他的工作？
3. 他將要去什麼地方？
4. 他怎樣能夠說英文？
5. 我不知道他何時（the time when）將要吃（take）早餐。
6. 我要問他考試失敗（failed）的理由（the reason why）。
7. 你知道他住的地方（the place where）嗎？
8. 無人知道他學英文的方法（the way 或 how）。
9. 我不知道如何寫作文（write a composition）。
10. 我問他何時出發。

第6章 動詞 Verb

36 動詞的種類

動詞
- Ⅰ. 主要動詞（**Principal Verb**）
  - 1. 及物動詞（**Transitive Verb**）— have, love, bring, give, show, catch, beat（打）, help, ask
  - 2. 不及物動詞（**Intransitive Verb**）— go, be, run, walk, laugh, cry, live, fly, rain, swim
- Ⅱ. 助動詞（**Auxiliary Verb**）— can, may, must, need, dare, ought, shall, will, have, do, be

37 及物動詞

所謂及物動詞，就是它本身意義不足，必須有一個受詞（Object），來補助它意義之不足。但有些及物動詞後面卻有兩個受詞。

及物動詞
- 完　全 — 有受詞，沒有補語
- 不完全 — 有受詞，有補語（受詞補語）

不及物動詞
- 完　全 — 沒有受詞，沒有補語
- 不完全 — 沒有受詞，有補語（主詞補語）

① 一個受詞

【例】
- He made（?）（他做？）〔句意不全〕
- He made a ***table***.（他做一張桌子。）

【註】 table 是及物動詞 made 的受詞，用來說明他做的是什麼東西。

【例】 He opened (?) (他把 ? 打開)〔句意不全〕
He opened ***the door***. (他把門打開。)

【註】 door 是及物動詞 opened 的受詞。

② 兩個受詞

【例】 I told ***him a story***.
(我講故事給他聽。)

【註】 (1) 本句中有兩個受詞 him 和 story，凡是指物的叫**直接受詞** (Direct Object)，凡是指人的叫**間接受詞** (Indirect Object)。

(2) 間接受詞也可以放在直接受詞後，在此種情況，間接受詞前須按照適當意義加介系詞 to 或 for。如：I told a story ***to*** him.

【例】 I gave ***her a pen***. (我給她一枝筆。)
I gave a pen ***to her***.

【例】 He sent ***me a present***. (他送我一件禮物。)
He sent a present ***to me***.

【例】 I taught ***him Chinese***. (我教他中文。)
I taught Chinese ***to him***.

【例】 I showed ***him the way***. (我告訴他路怎麼走。)
I showed the way ***to him***.

【例】 He bought her a book. (他買書給她。)
He bought a book ***for her***.

38 不及物動詞

所謂不及物動詞，就是它本身意義足夠使人了解，不須再要受詞來補其不足。

【例】 The bird ***flies***. (鳥會飛。)

【註】 fly 本身意義足夠使人了解，所以不要受詞。

【例】
The boy ***runs*** fast.
（那男孩跑得快。）
My father ***came*** back.
（爸爸回來了。）
They all ***sat down***.
（他們都坐下了。）

39 補語

① 補語的種類

A. 主詞補語（Subjective Complement）— 補助主詞意義之不足。

B. 受詞補詞（Objective Complement）— 補助受詞意義之不足。

② 主詞補語

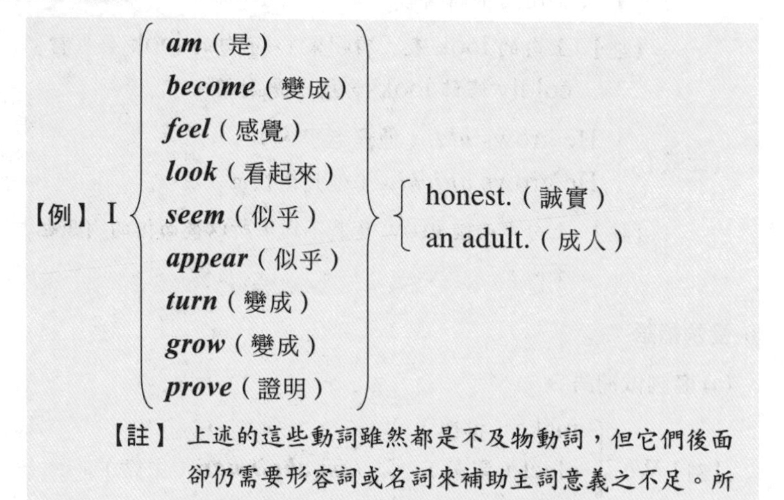

【例】 I { ***am***（是） / ***become***（變成） / ***feel***（感覺） / ***look***（看起來） / ***seem***（似乎） / ***appear***（似乎） / ***turn***（變成） / ***grow***（變成） / ***prove***（證明） } { honest.（誠實） / an adult.（成人） }

【註】 上述的這些動詞雖然都是不及物動詞，但它們後面卻仍需要形容詞或名詞來補助主詞意義之不足。所以 honest 和 an adult 都是主詞 I 的補語。

【例】 It { ***tastes***（嚐起來） / ***smells***（聞起來） / ***sounds***（聽起來） } good.

【注意】 這三個字後面接形容詞做補語，千萬不可接副詞。

特別注意

(a) 上述這些動詞後須接形容詞，千萬不可接副詞。

【誤】She looks *beautifully*.
【正】She looks ***beautiful***.

【誤】He is *diligently*.
【正】He is ***diligent***.

(b) 上述有幾個動詞因為意義上不同，後面也可接副詞。

【比較】
She looks ***cold***.
（她看起來很冷淡。）
She looks ***coldly*** at me.
（她冷冷地看著我。）

【註】上句的 look 表「看起來」，下句的 look 表「看」，coldly 修飾 looks，所以是副詞。

【比較】
He grows ***old***.（他變老了。）
He grows ***quickly***.（他長得快。）

【註】上句中兩個 grow 意義不同，所以後面接的詞類也不同。

③ 受詞補語

(a) 名詞做補語

【例】We make（推舉） / elect（選舉） / call（稱呼） *him* ***chairman***（主席）.

(b) 形容詞做補語

【例】We make（使） / find（發現） / keep（使） / think（認為） *him* ***happy***.

(c) 分詞做補語

【例】We {keep / find} *him* {***standing***（站著）. / ***wounded***（受傷）. / ***waiting***（等著）.}

(d) 不定詞做補語

【例】We {see（看見）/ hear（聽見）/ make（使）/ have（使）} *him* ***speak English***（說英文）.

【註】 上述感官動詞後的不定詞須省略 to。

40 動詞五種基本句型

「五種基本句型」可以歸納成一種，即：

主詞 + 動詞 + 受詞 / 補語

① 主詞 + 不及物動詞

【例】We {run（跑）. / laugh（笑）. / sleep（睡覺）. / sit（坐）.}

② 主詞 + 不及物動詞 + 主詞補語

【例】We are {happy（快樂）. / honest（誠實）. / diligent（勤奮）.〔形容詞〕 / students（學生）. / citizens（公民）. / teachers（老師）.〔名詞〕}

③ 主詞 +及物動詞 + 受詞

【例】We { write（寫）/ receive（收到）/ open（打開）/ hide（隱藏）/ send（寄出）} a letter（信）.

④ 主詞 + 及物動詞 + 間接受詞（人）+ 直接受詞（物）

【例】They { give（給）/ send（寄）/ buy（買）/ lend（借）} ***me*** a ***book***.

【註】及物動詞後面接兩個受詞的還有：teach, ask, do, tell 等。

⑤ 主詞 + 及物動詞 + 受詞 + 受詞補語

【例】
They chose Tom monitor.（他們選湯姆為班長。）
The dancing made me happy.（跳舞使我快樂。）
He proved himself a good sailor.
（他證明自己是一個優秀的水手。）
I consider the matter settled.（我認為事情解決了。）
I saw him walking (*or* walk) down the street.
（我看見他走在街上。）
He had his hair cut.（他剪頭髮。）

【註】參閱 38 第③條

練習 19

(A) 選擇：

1. The cake tastes (deliciously, delicious).
2. The flower smells (sweetly, sweet).
3. He is (honestly, honest).

4. They appear (bravely, brave).
5. He looks (angrily, angry) at me.
6. He becomes (happily, happy).

(B) 改錯：

1. She looks beautifully.
2. The ring sounds harshly.
3. He made me happily.
4. The apple tastes deliciously.
5. I feel hungrily.
6. It is getting warmly.

(C) 把下面的間接受詞改成放在直接受詞後（加 ***to*** 或 ***for***）:

【例】He gave me a book.

【答】He gave a book to me.

1. I wrote him a letter.
2. He sent me a present.
3. He bought me an apple.
4. I taught him English.
5. He told me a story.

(D) 翻譯：

1. 我們選（elect）他爲總統（president）。
2. 我使她快樂。
3. 她看起來十分美麗。
4. 那玫瑰花聞起來很香（fragrant）。
5. 爸爸變得很老。
6. 那牛奶嚐起來很酸（sour）。
7. 那音樂聽起來悅耳（sweet）。
8. 他送給我一件禮物（present）。
9. 他買一本字典給我。
10. 我看見他在公園中散步（take a walk）。

41 不及物動詞＋介系詞＝及物動詞

有許多不及物動詞和介系詞連用，後面接受詞，其功用完全和及物動詞相同。

【例】They { ***laugh at*** (取笑) / ***look for*** (尋找) / ***come across*** (偶遇) / ***speak of*** (提及) / ***long for*** (渴望) / ***ask after*** (問候) } me.

【註】這些和介系詞組合的動詞，大致都是片語，我們絕不可將它們分開。

42 動詞的變化

每個動詞有三種變化，即：

- 原形（Root）
- 過去式（Past）
- 過去分詞（Past Participle）

由原形變為過去式和過去分詞，有兩種方法，一種是有規則的，就是在原形後面加 ed 或 d 而成；一種是不規則的，完全靠熟記。

① 規則動詞（***Regular Verb***）

A. 原形＋ed

	原形	過去式	過去分詞
(a)	attend（參加）	attended	attended〔əˈtɛndɪd〕
	wait（等候）	waited	waited〔ˈwetɪd〕
	want（要）	wanted	wanted〔ˈwɑntɪd〕

【注意】凡是 d 或 t 後面加 ed，讀 /ɪd/ 的音。

	原形	過去式	過去分詞
(b)	ask（問）	asked	asked〔æskt〕
	walk（走）	walked	walked〔wɔkt〕
	pass（經過）	passed	passed〔pæst〕

march（行軍）	marched	marched〔martʃt〕
wish（希望）	wished	wished〔wɪʃt〕

【注意】凡是無聲子音後加 ed，讀 /t/ 的音。

(c)

call（叫）	called	called〔kɔld〕
obey（服從）	obeyed	obeyed〔o'bed〕
rain（下雨）	rained	rained〔rend〕
wander（漫遊）	wandered	wandered〔'wandəd〕

【注意】凡是有聲子音後加 ed，讀 /d/ 的音。

B. 原形後已經有 e，另加 d

bathe（洗澡）	bathed	bathed〔beðd〕
dine（用餐）	dined	dined〔daɪnd〕
hope（希望）	hoped	hoped〔hopt〕
like（喜歡）	liked	liked〔laɪkt〕
live（住）	lived	lived〔lɪvd〕

C.〔子音＋y〕把 y 變成 i，再加 ed

cry（哭）	cried	cried
try（嘗試）	tried	tried
study（研讀）	studied	studied
marry（結婚）	married	married

D.〔母音＋y〕直接加 ed

play（玩）	played	played
stay（停留）	stayed	stayed

E. 短母音後接子音，須重複一子音，然後加 ed

beg（乞求）	begged	begged〔bɛgd〕
fit（適合）	fitted	fitted〔'fɪtɪd〕
stop（停止）	stopped	stopped〔stapt〕
plan（計劃）	planned	planned〔plænd〕

F. 兩個音節的字，如果重音是在後面音節上，先重複一子音，後再加 ed

admit（承認）	admitted	admitted
emit（發射）	emitted	emitted
occur（發生）	occurred	occurred
omit（省略）	omitted	omitted
permit（允許）	permitted	permitted
prefer（較喜歡）	preferred	preferred

② 不規則動詞（***Irregular Verb***）

所謂不規則動詞，就是它的變化，無規則可循，我們要記住它，只得下功夫，別無其他方法。

特別注意

不規則動詞很多，如把全部列舉出來，徒費讀者寶貴時間，所以只把平常最常用的寫在下面，方便讀者把它們熟記下來。

原形	過去式	過去分詞
awake（醒）	awoke	awaked, awoke
bear（忍耐，生）	bore	borne（忍耐） born（生）
beat（打）	beat	beaten
become（變成）	became	become
begin（開始）	began	begun
bid（吩咐）	bade, bid	bidden, bid
bite（咬）	bit	bitten, bit
bleed（流血）	bled	bled
blow（吹）	blew	blown
break（打破）	broke	broken
bring（拿來）	brought	brought
broadcast（廣播）	broadcast	broadcast

burn（燒）	burnt, burned	burnt, burned
burst（爆發）	burst	burst
buy（買）	bought	bought
catch（捕捉）	caught	caught
choose（選擇）	chose	chosen
come（來）	came	come
cost（值）	cost	cost
creep（爬）	crept	crept
cut（切）	cut	cut
dig（挖掘）	dug	dug
do（做）	did	done
draw（畫）	drew	drawn
dream（做夢）	dreamt dreamed	dreamt dreamed
drink（喝）	drank	drunk
drive（開車）	drove	driven
eat（吃）	ate	eaten
fall（落下）	fell	fallen
feel（感覺）	felt	felt
fight（打仗）	fought	fought
find（找到）	found	found
fly（飛）	flew	flown
forget（忘記）	forgot	forgot, forgotten
get（得到）	got	got, gotten
give（給）	gave	given
go（去）	went	gone
grow（生長）	grew	grown
hang（懸掛，絞死）	hung（懸掛） hanged（絞死）	hung hanged

have（有）	had	had
hear（聽）	heard	heard
hide（隱藏）	hid	hid, hidden
hold（握住）	held	held
hurt（傷害）	hurt	hurt
keep（保持）	kept	kept
know（知道）	knew	known
lay（放）	laid	laid
lead（引導）	led	led
leave（離開）	left	left
lend（借出）	lent	lent
let（讓）	let	let
lie（躺）	lay	lain
lose（失去，輸掉）	lost	lost
make（做）	made	made
mean（意思是）	meant	meant
meet（見面）	met	met
pay（付）	paid	paid
put（放）	put	put
read（讀）	read	read
ride（騎）	rode	ridden
ring（鈴響）	rang	rung
rise（上升）	rose	risen
run（跑）	ran	run
say（說）	said	said
see（看見）	saw	seen
sell（賣）	sold	sold
send（送）	sent	sent
set（放）	set	set

shake（搖）	shook	shaken
shine（照耀，擦亮）	shone（照耀） shined（擦亮）	shone shined
shoot（射擊）	shot	shot
show（表示）	showed	showed, shown
shut（關）	shut	shut
sing（唱）	sang	sung
sink（下沉）	sank	sunk, sunken
sit（坐）	sat	sat
sleep（睡）	slept	slept
speak（說）	spoke	spoken
spend（花費）	spent	spent
spread（散播）	spread	spread
stand（站）	stood	stood
steal（偷）	stole	stolen
strike（敲打）	struck	struck, stricken
swim（游泳）	swam	swum
take（拿）	took	taken
teach（教）	taught	taught
tear（撕裂）	tore	torn
tell（告訴）	told	told
think（想）	thought	thought
throw（投擲）	threw	thrown
wear（穿）	wore	worn
weep（哭泣）	wept	wept
win（贏）	won	won
write（寫）	wrote	written

練習 20

※ 把下面動詞原形變成過去式和過去分詞：

1. break ________ ________
2. bring ________ ________
3. take ________ ________
4. sleep ________ ________
5. study ________ ________
6. play ________ ________
7. spend ________ ________
8. tell ________ ________
9. stop ________ ________
10. plan ________ ________
11. fight ________ ________
12. occur ________ ________
13. omit ________ ________
14. shake ________ ________
15. know ________ ________
16. cost ________ ________
17. read ________ ________
18. spread ________ ________
19. cut ________ ________
20. prefer ________ ________
21. leave ________ ________
22. sell ________ ________
23. write ________ ________
24. shut ________ ________
25. sing ________ ________

第 7 章 時式

Tense

43 時式的種類

基本時式 / 種類	現在 Present	過去 Past	未來 Future
1. 簡單式 (Simple Tense)	I learn	I learned	I will learn
2. 完成式 (Perfect Tense)	I have learned	I had learned	I will have learned
3. 進行式 (Progressive Tense)	I am learning	I was learning	I will be learning
4. 完成進行式 (Progressive Perfect Tense)	I have been learning	I had been learning	I will have been learning

44 簡單式

① 現在式的形態

現在式除 be 和 have 外，形態完全和其原形 (Root) 相同。不過，第三人稱單數後面須接 s 或 es。

be 的變化

人稱 / 數	第一人稱	第二人稱	第三人稱
單　　數	I ***am***	You ***are***	He / She / It } ***is***
複　　數	We ***are***	You ***are***	They ***are***

have 的變化

數＼人稱	第一人稱	第二人稱	第三人稱
單　數	I ***have***	You ***have***	He She } ***has*** It
複　數	We ***have***	You ***have***	They ***have***

其他動詞 (learn, go) 的變化

數＼人稱	第一人稱	第二人稱	第三人稱
單　數	I ***learn*** ***go***	You ***learn*** ***go***	He She } ***learns*** ***goes*** It
複　數	We ***learn*** ***go***	You ***learn*** ***go***	They ***learn*** ***go***

【注意】動詞字尾加 s 或 es，有下列三種方法。

(a) 有聲子音 + (e)s ·························· / z /

【例】 calls〔kɔlz〕叫　　arrives〔ə'raɪvz〕到達
goes〔goz〕去　　does〔dʌz〕做

(b) 無聲子音 + (e)s ·························· / s /

【例】 sits〔sɪts〕坐　　stops〔stɑps〕停止
hopes〔hops〕希望　　laughs〔læfs〕笑

(c) / s /, / z /, / ʃ /, / ʒ /, / tʃ /, / dʒ / + es ·························· / ɪz /

【例】 kisses〔'kɪsɪz〕接吻　　pleases〔'plizɪz〕取悅
wishes〔'wɪʃɪz〕希望　　watches〔'wɑtʃɪz〕觀看
reaches〔'ritʃɪz〕到達　　rages〔'redʒɪz〕生氣

② 現在式的用法

(a) 表示現在的動作，狀態，事實

【例】
I ***ring*** the bell.〔現在動作〕
（我按鈴。）
She ***looks*** happy.〔現在狀態〕
（她看起來快樂。）
He ***has*** three brothers.〔現在事實〕
（他有三個兄弟。）

(b) 現在的習慣

【例】
He ***goes*** to school every day.〔現在習慣〕
（他每天上學。）
He ***takes*** a walk before breakfast.〔現在習慣〕
（他早餐前散步。）

(c) 表示不變的眞理或事實

【例】
The earth ***is*** larger than the moon.〔眞理〕
（地球比月球大。）
One plus one ***is*** two.（一加一等於二。）〔眞理〕
A week ***has*** seven days.〔不變事實〕
（一星期有七天。）
Flowers ***blossom*** in spring.〔不變事實〕
（花在春天開。）

(d) 表示將來

動詞如 start, go, leave, begin, arrive 等雖和 tomorrow, next week 等連用，卻用現在式表示未來。

【例】
They ***leave*** tomorrow.（他們明天離開。）
The play ***begins*** at 8:30.（這齣戲八點半開始。）
The plane ***arrives*** at five o'clock.（飛機五點到達。）

【例】
They *start* on their trip next week.
（他們下星期出發去旅行。）
John *returns* from Tainan tonight.
（約翰今晚從台南回來。）
I *go* to Hong Kong next summer.
（我將於明年夏天去香港。）

(e) 用在 if, when, while, unless, until, as soon as 等表示時間和條件的副詞子句中，代替未來式。

【例】
If it *rains* tomorrow, I will not go.
（如果明天下雨，我就不去了。）
I will mention it when I *see* him.
（我看見他時，會提及它。）

③ 過去式的用法

過去式的用法很簡單，它是表示過去的動作，狀態，事實，大致和表示過去的副詞，如 yesterday，last week 等連用。

【例】
He *left* yesterday.（他昨天離開了。）
He *started* an hour ago.（他一小時前出發了。）
I *received* two letters from home last Monday.
（我上星期一收到兩封家書。）
I *was* there during the summer of 2000.
（我西元二千年夏天時在那裡。）
They *were* sorry to hear about the accident.
（他們聽到那件意外很遺憾。）

【注意】 凡是表示過去的習慣，須用 used to，表「以前」。

【例】
He *used to* be very thin.（他以前很瘦。）
They *used to* have lots of money, but they don't have any more.（他們以前很有錢，但現在卻沒有了。）
He *used to* work in a bank.
（他以前曾在一家銀行工作。）

④ 未來式的用法

表示未來，英文中是用 will 和 shall 加原形動詞。它分為兩種，一種是表示單純未來，一種是表示意志。

(a) 表示單純未來

【例】 I ***shall*** succeed.（我將會成功。）
You ***will*** succeed.（你將會成功。）
He ***will*** succeed.（他將會成功。）

【例】 ***Shall*** I succeed?
Shall you succeed?
Will he succeed?

敘述句	第一人稱 + shall 第二人稱、第三人稱 + will
疑問句	Shall + 第一人稱、第二人稱 ? Will + 第三人稱?

【注意】 shall 和 will 後，動詞永遠用原形（Root）。

【誤】 He will *goes* to America.
【正】 He will ***go*** to America.

【誤】 It will *rains* soon.
【正】 It will ***rain*** soon.

【誤】 I shall *am* a teacher.
【正】 I shall ***be*** a teacher.

(b) 表示意志

(1) 說話者的意志

【例】 I ***will*** go, rain or shine.（我決定要去，不論晴雨。）

【註】 will 用於第一人稱表示決心。

【例】 You ***shall*** go with me.（我允許你一起去。）
He ***shall*** have the dictionary.（我要給他那本字典。）

【註】 shall 用於第二、三人稱，表示說話者的意志，表「我要…」。

(2) 主詞的意志

【例】
I ***will*** do it with all my heart.（我願意盡力做它。）
If you ***will*** do it for me, I shall be very glad.
（如果你願意替我做它，我將十分高興。）
He says he ***will*** do anything for you.
（他說他願意替你做任何事情。）

【註】will 在此種情況，表「願意」或「肯」。

特別注意

A. 現代英語中，在單純未來的情況，通常以 will 取代 shall，用在各種人稱和形式。含意志的情況，則常以 be going to 代替 shall 或 will。

【例】
He ***is going to*** stay at Hotel China.
（他將住在中國飯店。）
I ***am going to*** visit Tom tomorrow.
（我將於明天拜訪湯姆。）

B. 用在句中，第一人稱用 shall 或 will 都可以，第二、三人稱只限用 will。

【例】
If it rains tomorrow, I ***shall*** (***will***) not start.
（如果明天下雨，我就不動身。）
If he has time, he ***will*** visit you.
（如果他有時間，他會去拜訪你。）

C. Will you? 用來表示請求，是客套語。

【例】
Will you type this, please?（請你把這個打字好嗎？）
Will you please give him this letter?
（請你把這封信交給他好嗎？）
Would you show me the way to the station?
（請你指示我去車站的路好嗎？）

【註】用 Would you～? 比 Will you～? 還要客氣。

D. will not (won't) 表「不肯」。

【例】 He ***won't*** go with me. (他不肯和我去。)
　　　 She ***won't*** see me. (她不肯見我。)

E. will 和 shall 在會話中常用縮寫。

I'll = I will (shall)	we'll = we will (shall)
he'll = he will (shall)	they'll = they will (shall)
she'll = she will (shall)	you'll = you will (shall)
won't = will not	shan't = shall not

練習 21

(A) 翻譯：

1. 他每天早晨六點起床 (get up)。
2. 地球繞 (around) 太陽而轉 (move)。
3. 他明天出發 (start) 去美國。
4. 火車明天七點開 (leave)。
5. 那比賽 (contest) 明天八點半開始。
6. 他昨天去拜訪 (call on) 你了。
7. 他以前習慣在公園中散步 (take a walk)。
8. 他以前習慣在早餐 (breakfast) 前運動 (exercise)。
9. 我將寫一封信給你。
10. 他將讀這本小說 (novel)。
11. 他們下星期將要 (going to) 去旅行 (take a trip)。
12. 我將要 (going to) 喝 (have) 咖啡。
13. 請你替我買一本書好嗎？
14. 請你告訴我他的地址 (address) 好嗎？
15. 爸爸，請你讓我去看電影 (go to the movies) 好嗎？

16. 他不肯陪（accompany）我去公園。
17. 如果我有錢，我將買一本字典。
18. 如果他有時間，他將去參觀（visit）那博物館（museum）。

(B) 用 ***going to*** 代替 ***will*** 和 ***shall***：

1. He will travel by train.
2. I shall fly to Hong Kong.
3. They will telephone you in the morning.
4. It will rain soon.
5. He will succeed in his work.

45 完成式

① 現在完成式的用法

現在完成式是由〔have（has）+過去分詞〕所形成，其用法說明如下：

(a) 表現在剛剛完成的動作或狀態。

【比較】
- He ***has left*** for Tainan.（他去台南了。）
- He ***left*** for Tainan yesterday.〔有明確的過去時間〕（他昨天去台南了。）

(b) 凡是過去動作，到現在已完成或還在繼續，須用現在完成式。

【例】I ***have studied*** English（*for*）five years.（我英文讀了五年了。）

【註】(1) 雖然已經讀了五年，現在卻還在繼續讀它。
(2) 表示時間的 for 也可以省略。

【例】
- I ***have lived*** here（*for*）two years.（我住在這裡兩年了。）
- I ***have worked*** here since 1993.（我自從一九九三年就在這裏工作。）
- Tom ***has been*** in business since he finished college.（湯姆自從大學畢業後就在經商。）

特別注意

A. for 表示時間的介系詞常和現在完成式連用，但如果動作不再繼續，就得用過去式。

【比較】
He ***has lived*** here for two years. 〔他還住在這裡。〕
He ***lived*** here for two years, but he now lives in the country. 〔他已不再住在這裡了。〕

B. for 表示持續一段時間；since 表示時間的一點。

【比較】
He has left for ***two hours***.
He has left since（自從）***two o'clock***.

【比較】
He has studied English for ***three years***.
He has studied English since（自從）1998.

C. 現在完成式 + since + 過去

【比較】
Henry ***has learned*** English since he ***was*** a child.
（亨利從小就學英文。）
I ***have known*** Tom since I ***came*** here.
（我自從來到這裡就認識湯姆了。）

【註】 上兩句 since 後，動詞都用過去式。

D. 表示次數的副詞，如 once, twice, several times, again and again, ever, never 等，大多和現在完成式連用，來表示經驗。

【例】
I ***have been*** there ***once***.（那裡我去過一次。）
I ***have seen*** the play ***several times***.
（那齣戲我看過好幾次了。）
I ***have told*** Nancy ***again and again*** not to be late.
（我已經一再地告訴南西不要遲到。）
This is the best book that I ***have ever read***.
（這是我曾經讀過最好的書。）

【例】
- I don't think we ***have ever met***.
  （我認爲我們從來沒有見過面。）
- I ***have never seen*** him.〔表示經驗〕
  （我從來沒有見過他。）

E. go 和 come：現在完成式如果表示「動作」，用 have gone，have come；如果表示「經驗」，用 have been 來代替。

【比較】
- He ***has gone*** to America.（他去美國了。）〔表示動作〕
- He ***has been*** to America twice.〔表示經驗〕
  （他去過美國兩次。）

【比較】
- He ***has come*** to see you.（他來看你了。）〔表示動作〕
- He ***has been*** here once.〔表示經驗〕
  （他來過這裡一次。）

F. already 和 just 大多和完成式連用，just now（剛才）和過去式連用。

【例】
- I ***have already had*** my breakfast.
  （我已經吃過早餐了。）
- He ***has already graduated*** from college.
  （他已經大學畢業了。）

【例】
- He ***has just finished*** his lesson.
  （他剛做完功課。）
- He ***finished*** his lesson ***just now***.
  （他剛才做完功課。）

G. 凡過去動作與現在尚有關連者，須用現在完成式。

【例】Father ***has gone*** to Hong Kong so he cannot attend the meeting.（我父親已去香港了，因此不能出席會議。）

【註】他雖然已去香港，但是和不能出席會議有關連，所以用現在完成式。

【例】 The light ***has gone out*** and we cannot see one another.
（燈熄滅了，我們看不見彼此了。）
【註】 燈雖已熄滅了，但與看不見有關連，所以用現在完成式。

H. ago（以前）用簡單過去式，before（以前）用完成式。

【比較】
He ***returned*** two days ***ago***.（他兩天前回來了。）
She said he ***had returned*** two days ***before***.
（她說他兩天前回來了。）

I. 發問用 when 開頭時，不得用現在完成式，要用簡單過去式。

【誤】 When *have* you *lost* your watch?
【正】 When ***did*** you ***lose*** your watch?
（你什麼時候把錶弄丟了？）

練習 22

(A) 改錯：

1. He has met Tom just now.
2. I have finished it an hour ago.
3. He has come here several times.
4. When has he left here?
5. We have had much rain last year.
6. Have you ever gone to Shanghai?
7. Where have you gone?
8. When has he won the prize?
9. I have met him three days ago.
10. I thought of Mother two hours before.

(B) 翻譯：

1. 我去過美國兩次，所以（so）我能說英文。
2. 他去了火車站（station），所以我們看不見他了。
3. 我已經做完我的功課了。

4. 他剛回到家。
5. 他剛才（just now）看過報紙。
6. 他最近（recently）來學校看老師。
7. 他來過這裡幾次。
8. 我今年寫了許多書。
9. 他從美國回來後，沒有來看過我。
10. 我自從到台灣後，沒有去過高雄（Kaohsiung）。
11. 他做這工作五年了。
12. 我讀英文十年了。

② 過去完成式的用法

過去完成式是由〔had + 過去分詞〕組成，它的用法比現在完成式簡明，所以較易學會。凡是兩種過去動作，如果發生有先後時，發生在先者用過去完成式，發生在後者用過去式。

【例】 When he telephoned, ***I had finished*** dinner.
（他打電話時，我已吃完晚餐了。）
【註】 先吃飯後打電話，所以吃用過去完成式，打電話用過去式。

【例】 After he ***had written*** the letter, he went out.
（他寫完信後，就出去了。）
【註】 先寫信，後才出去。

【例】 Before I reached the station, the train ***had left***.
（我到達車站前，火車已經開了。）
【註】 火車先開，我後到達。

【例】 He said that John ***had told*** him about our plans.
（他說約翰當訴他關於我們的計畫。）
【註】 約翰先告訴他，然後他再說。

【例】 I lost the watch I ***had bought*** the day before.
（我把前天買的錶弄丟了。）
【註】 我先買錶，然後才弄丟。

練習23

※ 翻譯：

1. 我在離開日本以前，讀過三年英文。
2. 我看見她後，我就回家了。
3. 當我們派人去請（send for）醫生的時候，他已病了三天。
4. 他告訴我他父親已經回家了。
5. 他說他去過美國。
6. 我立刻（at once）就認得（know）他，因為我以前就見過他。
7. 他來的時候，我剛做完功課。
8. 我把向他借來（borrow）的書弄丟了。
9. 我回家後，天開始下雨了。
10. 我到學校的時候，鈴（bell）已響（ring）過了。

③ 未來完成式的用法

凡是將來的動作，沒有表明完成的時間者，用簡單未來式，我們在 43 第④條已經學過；但表明了完成的時間者，用未來完成式〔will, shall + have + 過去分詞〕。

【比較】
I ***will read*** through this novel.〔未表明時間〕
（我將要讀完這本小說。）
I ***will have read*** through this novel by this time tomorrow.〔表明時間〕
（我明天此時將可讀完這本小說。）

【例】He ***will have left*** Taipei by the time you return.
〔表明時間〕（你回來的時候，他就要離開台北了。）

【註】(1) 介系詞 by 在此種用法中，帶有「規定期限」的意思。
(2) by 後接片語，by the time 後接子句。
(3) by the time 後，動詞永遠用現在式。

【例】
- You ***will have arrived*** at the foot of the hill before dawn.（在天亮前，你將已經到達山腳了。）
- If I read this book once more, I ***will have read*** it just five times.（如果我把這本書再讀一遍，就讀過五遍了。）
- They ***will have lived*** here seven years by the end of this year.（到今年年底他們在這裡就住七年了。）

練習 24

※ 翻譯：

1. 我不久將做完功課。
2. 明天此時我將做完功課。
3. 他不久將回國。
4. 到你大學畢業（graduate）時，他就要回國了。
5. 我將要和父母（parents）會面（meet）。
6. 到六點鐘我就和父母會過面了。

46 進行式

① 現在進行式的用法

現在進行式表示動作現在正在進行中。它是用〔am, is, are + 現在分詞〕來表示。

(a) 動作，狀態正在進行

【例】
- I ***am watching*** television.（我正在看電視。）
- She ***is washing*** the dishes.（她正在洗碗。）
- He ***is doing*** his homework.（他正在做功課。）
- Mary ***is practicing*** the piano.（瑪麗在練習鋼琴。）

(b) go, come, leave, start, visit 等動詞的現在進行式，常和 tomorrow, next week 等連用，來表示將來。

【例】
I ***am going to*** Taipei tomorrow.
（我明天將去台北。）
We ***are leaving*** for London in two weeks.
（我們將於兩週後去倫敦。）
I ***am starting*** to diet tomorrow.
（我明天將開始節食。）
What movie ***are*** you ***seeing*** tonight?
（今天晚上你要看什麼電影？）
Tom ***is visiting*** here next week.
（湯姆將於下週來這裡觀光。）
He ***is giving*** a party for foreign students next ***Saturday***.
（他下星期六將要為外國學生舉行宴會。）

② 過去進行式的用法

過去進行式表示動作在過去某一動作發生時，它正在進行。它是由〔was, were + 現在分詞〕而組成的。

【例】 She ***was playing*** the piano when I called on her.
（當我拜訪她的時候，她正在彈鋼琴。）
【註】 彈鋼琴的動作在拜訪時正在進行。

【例】
We met a friend while we ***were crossing*** the bridge.
（當我們正在過橋時，我們遇見一位朋友。）
Tom ***was writing*** a novel the last time I saw him.
（我上一次看見湯姆的時候，他正在寫小說。）

【注意】 過去進行式譯成中文為「正在」，你只要記住這兩個字，就不會用錯了。

③ 未來進行式的用法

未來進行式表示動作在未來某一時間正在進行。它是由〔will, shall + be + 現在分詞〕而組成的。

【例】
What ***will*** you ***be doing*** at 7 o'clock?
（你七點鐘將在做什麼？）
I ***shall*** probably ***be eating*** dinner.
（我也許在吃晚餐。）
I ***shall be visiting*** Taipei by this time next week.
（下週此時我將正在台北觀光。）

④ 現在完成進行式的用法

現在完成進行式表示過去的動作到現在說話的時候，還依舊在繼續進行。它是由〔have + been + 現在分詞〕而組成的。

【例】I ***have been waiting*** for ten minutes.
（我等了十分鐘了。）
【註】說話時我還在繼續等著。

【例】
It ***has been raining*** hard since yesterday.
（從昨天起就一直在下著大雨。）
He ***has been sitting*** in that chair all evening.
（他整晚都一直坐在那椅子上。）
She ***has been feeling*** much better lately.
（她最近已經感覺到比從前健康多了。）
He ***has been sleeping*** all afternoon.
（他整個下午一直在睡覺。）

【注意】現在完成進行可譯為「一直在」。

⑤ 過去完成進行式的用法

過去完成進行式表示過去的動作在過去某一動作發生時，還在繼續進行。它是由〔had + been + 現在分詞〕而組成的。

【例】
He ***had been living*** in Tainan before he moved here.
（在他搬到這裡以前，他一直住在台南。）
I ***had been waiting*** for more than an hour when he came.（他來的時候，我已經等了一個多小時了。）

⑥ 未來完成進行式的用法

未來完成進行式表示在將來某一時間，它的動作還在繼續進行。它是由〔will, shall + have + been + 現在分詞〕組成的。

【例】
We ***will have been playing*** football for two hours when Tom arrives.
（當湯姆來的時候，我們將踢足球踢了兩個小時了。）
He ***will have been studying*** for four months by the time he takes his examinations.
（到他參加考試的時候，他將讀四個月的書了。）

練習 25

※ 翻譯：

1. 他正在學習日文（Japanese）。
2. 他整個下午一直在做功課。
3. 我們來的時候，他正在吃早餐。
4. 我下週要去台北。
5. 他明天要參觀（visit）動物園（zoo）。
6. 她今晚要去看電影。

（4–6：用現在進行式）

7. 我們到車站時，火車正要離開。
8. 我們動身（start）的時候，正在下大雨。
9. 我到公園的時候，她一直等候我一小時了。
10. 他自從去年以來一直在讀英文。

語 態

Voice

47 語態的種類

① 主動（*Active Voice*）

【例】 He ***killed*** his brother.（他殺死他的兄弟。）

② 被動（*Passive Voice*）

【例】 His brother ***was killed*** by him.（他的兄弟被他殺死。）

He killed his brother.

His brother was killed by him.

48 主動變被動

① 一般變法

【例】
- Father ***loves*** me.（爸爸愛我。）
- I ***am loved*** by Father.（我被爸爸愛。）

【例】
- Columbus ***discovered*** America.（哥倫布發現美洲。）
- America ***was discovered*** by Columbus.（美洲被哥倫布發現。）

【例】
- The teacher ***scolded*** Tom.（老師責備湯姆。）
- Tom ***was scolded*** by the teacher.（湯姆被老師責備。）

【註】 如果主動的動詞是現在式，變被動時 be 也要用現在式的 am, is, are 再加過去分詞和 by。如果是過去式，be 也要用過去式的 was, were。

② 現在完成式

【例】
主動 Tom ***has*** killed James.
（湯姆殺死詹姆士了。）
被動 James ***has been*** killed by Tom.
（詹姆士被湯姆殺死了。）

【註】 have（has）+ ***been*** + 過去分詞 + by = 現在完成被動

③ 未來式

【例】
主動 I ***shall*** pay the money.
（我將要付那筆錢。）
被動 The money ***will be*** paid by me.
（那筆錢將被我償付。）

【註】 shall, will + ***be*** + 過去分詞 + by = 未來被動

【注意】 shall 與 will 互變時，不要忘記人稱，必須與其新的主詞一致。

④ 疑問句

【例】
主動 ***Who*** killed him?（誰殺死他？）
被動 By ***whom*** was he killed?（他被誰殺死？）

【註】 By + whom + （is 或 was）+ 主詞 + 過去分詞 = 疑問句被動

【例】
主動 ***Did*** you write this letter?（是你寫這封信嗎？）
被動 ***Was*** this letter written by you?
（這封信是被你寫的嗎？）

【註】 用 do 或 did 發問的句子，由主動變被動，須由 be（am, is）開頭，再加主詞，然後接過去分詞與 by。

⑤ **兩個受詞**：授與動詞的兩個受詞，在被動語態中皆可做主詞。

【例】
主動 I told ***him a story***.（我講故事給他聽。）
被動 ***A story*** was told to him by me.
He was told a story by me.
（故事被我講給他聽。）

⑥ 補語

【例】
主動 I made him ***happy***.
（我使他快樂。）
被動 ***He*** was made happy by me.
（他因爲我而快樂。）

⑦ 帶有介系詞的動詞

【例】
主動 He ***laughed at*** the girl.
（他取笑那女孩。）
被動 The girl ***was laughed at*** by him.
（那女孩被他取笑。）

【註】 此種帶有介系詞的動詞片語，由主動變被動，須認爲是一個及物動詞，不得拆開。

⑧ 進行式

【例】
主動 He ***is drawing*** a picture.
（他正在畫畫。）
被動 A picture ***is being drawn*** by him.
（畫正在被他畫。）

【註】 be（am, is, are, was, were）+ ***being*** + 過去分詞 = 進行式被動

⑨ 祈使句

【例】
主動 ***Do*** it at once.（立刻做它。）
被動 ***Let*** it ***be done*** at once.（它必須立刻被做。）

⑩ 主詞 they，one，you，we 泛指一般人的場合

【例】
主動 ***They*** speak English in the U.S.
（在美國大家說英語。）
被動 English ***is spoken*** in the U.S.
（在美國都說英語。）

【註】 因為 they 是泛指一般人，所以 spoken 後之 by them 可以省略。

【例】
主動 ***We see*** the stars at night.
（我們在晚上看見星星。）
被動 The stars ***are seen*** at night.
（星星在晚上被看見。）

【註】 by us 可省略，因爲 we 是泛指一般人。

⑪ 有些動詞形式是被動，而意義卻是主動

【例】
I ***was surprised*** at his ignorance.
（我驚訝他的無知。）
I ***am satisfied*** with his reply.
（我滿意他的答覆。）
He ***was pleased*** at (with) your success.
（他對你的成功感到高興。）
He ***was interested*** in the book.
（他對那本書感興趣。）
He ***is disappointed*** at not finding me.
（他沒有找到我很失望。）
I ***am devoted*** to studying French.
（我專心研讀法文。）

練習 26

(A) 把下列句子變被動：

1. John beat Paul.
2. He paid his debt（負債）.
3. I will write a letter.
4. He will visit me.
5. He has finished his lesson.
6. I have caught a fish.
7. I give him a present.

8. He sent me a letter.
9. They elected (選舉) him president.
10. Never mention it again.
11. Who wrote that book?
12. What did he see?
13. Does he write the letter?
14. He is teaching English.
15. He may laugh at me.
16. They can build the house.
17. They are doing their homework.
18. He is translating (翻譯) the book.

(B) 把下列句子變主動：

1. He is interested in chemistry (化學).
2. The thing must be done at once (立刻).
3. Is English spoken in that country?
4. I will be punished by him.
5. He was seen to enter the house.
6. The novel is being read by me.
7. He has been bitten by the dog.
8. I have been punished by Father.
9. Some of his friends will be invited by us.
10. By whom was this novel written?
11. Is salt sold by the pound?
12. The story was told to him by me.
13. He was taught English by Tom.
14. A house is being built by us.
15. We may be seen by them.
16. He is being looked after (照顧) by the nurse.

(C) 翻譯：

1. 他將要被老師責備（blame）。

____

2. 我們將要被人取笑。

____

3. 你也許會被選（elect）爲主席（chairman）。

____

4. 他已經被人僱用（employ）。

____

5. 我們自從去年就被人看輕（despise）。
（現在完成式）

____

6. 你整個下午被人監視（watch）。

____

7. 這工作正在被我做。

____

8. 那房子正在被他建造（build）。

____

9. 那男孩正在被老師處罰。

____

10. 我將要被調到（transferred）另外的職務（duty）去。

____

第9章 語法 Mood

49 語法的種類

語法就是表達思想的方式，共分三種：

① 直說法（***Indicative Mood***）— 敘述事實或詢問事情。

【例】
- He ***studies*** hard.（他用功讀書。）
- He ***is*** very diligent.（他很勤奮。）
- Where ***do*** you ***live***?（你住在哪裏？）

② 祈使法（***Imperative Mood***）— 表達命令、請求、希望、禁止、禱告、勸告等。

【例】
- ***Study*** hard.（要用功讀書。）
- ***Be*** diligent.（要勤奮。）

【注意】凡是祈使語氣，其主詞 You 須省略。

③ 假設法（***Subjunctive Mood***）— 表達願望、假設、目的、想像等非事實的觀念。

【例】
- If he ***had studied*** hard, he ***would have passed***.（如果他當時用功讀書，他就會及格了。）
- If he ***were*** diligent, he would pass.（如果他勤奮，他就會及格。）

50 祈使法

① 祈使法也可表示請求，規勸等

【例】
- Please ***lend*** me your book.（請借我你的書。）
- ***Don't tell*** lies.（不要說謊。）
- ***Let*** me ***see*** it.（讓我看一下。）

② 祈使句的譯法

(a) 祈使句 + and = 如果～那麼

【例】
Make haste, ***and*** you may catch the train.
（快一點，那麼你就可以趕上火車。）
Don't be lazy, ***and*** you will pass.
（如果不懶惰，那麼你就會及格。）
Get up at once, ***and*** you won't be late for school.
（如果你立刻起床，上學就不會遲到。）

(b) 祈使句 + where（when, how, what）= 不管，不論

【例】
Go where you will, you will find the same thing.
（不管你到那裏去，你都會發現同樣的事情。）
Be the matter what it may, you must always speak the truth.（不管什麼事，你一定都要說實話。）
Be your job what it may, you cannot succeed without perseverance.
（不論你的工作是什麼，沒有毅力就無法成功。）

③ 祈使句的動詞永遠用原形（Root）

【例】
Stop this noise.（停止這種噪音。）
Don't make such a noise.
（不要發出這種噪音。）

【例】
Be more diligent.（要更勤奮。）
Don't be lazy.（不要懶惰。）

51 假設法

① 直說法與假設法的辨別（詳見「文法寶典」p.356）

(a) 直說法、祈使法、假設法三種語法都有條件句，所以條件句並不是都屬於假設法。(表示條件的副詞子句稱為「**條件子句**」，含條件子句的句子稱為「**條件句**」)

【例】
If it ***rains***, I ***will stay*** at home.〔直說法〕
（如果下雨，我就留在家裏。）
Do that again, and I'***ll*** call your father.〔祈使法〕
（= ***If*** you ***do*** that again, I'***ll*** call your father.）
（如果你再做那種事，我就叫你父親來。）
If I ***were*** not ill, I ***would go*** swimming.〔假設法〕
（假如沒生病，我就會去游泳。）

(b) 由上可知，直說法的條件句是以事實或普遍的情況爲條件，說話者心中並未有與事實相反之意，因此不屬於假設語氣。有些文法書把「If + 現在式動詞…, 主詞 + shall (will, may, can) + 原形」列爲「假設法現在式」的公式，**完全是錯誤的。**

【比較】
If he ***is*** to return tomorrow, he ***will*** take me out.
（如果他明天回來，就會帶我出去。）〔直說法〕
〔他會不會回來，並不確定〕
If he ***were*** to return tomorrow, he ***would take*** me out.（假如他明天回來，就會帶我出去。）〔假設法〕
〔事實上他明天不會回來，所以是假設法〕

助動詞 **should, would, could, might 是假設法的記號**，假設法的句子中一定有它們。

② **與現在事實相反的假設**

(a) 與現在事實相反或無法實現的假設法，動詞就用過去式。
公式如下：

If + 主詞 + { **過去式（或 were）** / **過去式助動詞 + 原形** }, 主詞 + { should / would / could / might } + 原形

【例】If he ***were*** you, he ***would be*** angry.
（如果他是你，他就會生氣。）
【註】他當然不是你，與現在事實相反。

【例】If he ***had*** wings, he ***would fly***.
（如果他有翅膀，他就會飛。）
【註】他不可能會有翅膀，完全不符事實。

【例】If there ***were*** no sun, nothing ***could live***.
（如果沒有太陽，什麼都不能生存。）
【註】太陽如何會沒有，根本不是事實。

【例】If she ***could help*** you, she ***would help*** you.
（如果她能幫你，就一定會幫你。）
【註】她其實無法幫你，所以不可能幫你。

(b) as if, as though + 過去式 或 were

【例】He looks ***as if*** (= as though) he ***were*** a millionaire.
（他看起來好像是一個百萬富翁。）
【註】他其實只是一個窮小子，與事實完全相反。

【例】He talks ***as though*** he were a king.
（他說話好像是個國王。）
【註】他其實只是一個百姓，與事實完全相反。

(c) wish (that) + 過去式 或 were = 不可能的希望

【例】
- I ***wish*** I ***had*** wings.（我希望我有翅膀。）
- I ***wish*** I ***were*** you.（我希望我是你。）
- I ***wish*** I ***could*** live without eating food.（我希望我能不吃食物而生存。）

【注意】如果表示可能的希望，就須用 hope，動詞用直說法。

【例】
- I ***hope*** you ***can*** pass.（我希望你及格。）
- I ***hope*** he ***is*** well.（我希望他健康。）

(d) 在 suggest, propose, move, order, require, insist, demand 等表慾望的動詞之後的 that 子句，用假設法「**that…**（*should*）**+ 原形動詞**」表示一種未來的慾望，其中美語常省略 should。

【例】
I ***suggested*** that the meeting ***be*** cancelled.
（我建議取消該會議。）
We ***insisted*** that Tom ***have*** to go at once.
（我們堅持湯姆必須立刻去。）
They ***order*** that he ***do*** it himself.
（他們命令他自己做它。）

(e) 凡表示願望，祈求用假設法，即**祈願句**。

【例】
Long ***live*** the king!（國王萬歲！）
God ***bless*** you!（願上帝祝福你！）

③ **與過去事實相反的假設**

(a) 凡是假設與過去事實完全相反，就須用過去完成式。公式如下：

If + 主詞 + **過去完成式**, 主詞 +	should would could might	+ have + 過去分詞

【例】 If he ***had had*** money, he ***would have gone*** abroad last year.（如果他有錢，他去年就出國了。）

【註】 去年他沒錢也沒有出國，與過去事實完全相反。

【例】 If I ***had been*** you, I ***would***（***should***）***have been*** angry yesterday.（如果我是你，我昨天就會生氣了。）

【註】 昨天我不是你，也沒生氣，與過去事實相反。

【例】 If he ***had worked*** harder, he ***would*** not ***have failed***.

（如果他工作較努力一點，他就不會失敗。）

【註】 他工作不努力，也沒有成功，與過去事實相反。

【注意】 not（副詞）放在第一個助動詞 would 後面。

(b) as if〔as though〕+ 過去完成式，I wish（that）+ 過去完成式，Oh, that + 過去完成式等。

【例】
- He talks as if he ***had known*** John since childhood.
（他說話的樣子似乎從小就認識約翰。）〔事實上不認識〕
- I wish I ***had been*** more diligent in the past.
（我希望我過去更加勤奮些。）
- Oh, that I ***had been*** more honest!
（唉，我希望我更誠實些！）

【註】 Oh, that = 我希望（= I wish）〔無法實現者〕

④ 與未來事實相反的假設

(a) 表示絕對不可能。公式為：

If + 主詞 + **過去式 或 were to**, 主詞 + { should / would / could / might } + **原形**

【例】
- If I ***were to*** die today, my family ***would starve*** tomorrow.
（如果我今天死了，我的家人明天就要餓死。）
- What would happen if we ***were to*** lose the secret of making fire?
（如果我們失去生火的秘訣，會發生什麼事？）

(b) 表示假設可能性很小，用 should。公式如下：

If + 主詞 + **should** + **原形**…, 主詞 + { shall / should / will / would } + **原形**
（萬一）

【例】
If I ***should*** fail, what will〔would〕my father say?
（如果萬一我失敗了，我父親會說什麼？）
If it ***should*** rain, I shall〔should〕not go.
（如果萬一下雨，我就不去了。）

【註】 (1) should 表「萬一」。
(2) 主要子句中的助動詞用現在式（shall, will…）或過去式（should, would…）都可以。

⑤ **if 的省略**

【例】
Were I you, I should not laugh.
（= If I were you, I should not laugh.）
（如果我是你，我就不會笑。）
Should I fail, I would study harder.
（= If I should fail, I would study harder.）
（萬一我失敗了，我會更用功讀書。）
Had he known your address, he would have called on you.
（= If he had known your address, he would have called on you.）
（如果他知道你的住址，他老早就去拜訪你了。）

練習 27

(A) 改錯：

1. I feel as if I was going to die.
2. I wish I am as strong as he.
3. If I was you, I should play the violin.
4. If it will rain tomorrow, he will not leave here.
5. If you had visited him, he would feel glad.
6. I wish I can go abroad.
7. If he is here now, what would he say?
8. He talks as though he is a great man.
9. If I were you, I would not have called on (拜訪) him yesterday.
10. If he is you, he would go on a picnic.

(B) 將括弧中的動詞改爲適當的時式，填入空格中：

【例】 If I ______ (be) you, I would not go.

【答】 were

1. I wish I ______ (be) younger.
2. He talks as though he ______ (can) be our teacher.
3. If he ______ (be) you, he would stay at home.
4. Oh, that he ______ (be) here!
5. Long ______ (live) the king!
6. If he ______ (be) you, he would not have lost the money.
7. If he ______ (have) money, he would have visited the zoo.
8. He acts as if he ______ (be) our leader.
9. I wish I ______ (have) a sister.
10. If you had been more careful, you ______ (succeed) in your work.

(C) 選擇：

1. If Mary (has, had) more time, she would study more.
2. If I (am, were) in your position, I would study French.
3. John looks as if he (knows, knew) all about it.
4. I wish John (will, would) come tomorrow.
5. He acts as though he (is, were) sick.
6. I wish I (went, go, had gone) with you last night.
7. He demanded that I (be, was, were) there at noon.
8. I insisted that Tom (has, have) to wait for us.
9. If he (studies, studied, had studied) more, he would succeed.
10. If he (studies, studied, had studied) more, he would have succeeded.
11. If the weather (was, were, had been) fine yesterday, he would have been glad to go.
12. If he (had, had had) time, he would have visited us.
13. If he had not worn his overcoat（大衣）, he (would catch, will catch, would have caught) cold.
14. We (would come, would have come) earlier yesterday if we had known about it.

(D) 翻譯：

1. 如果明天下雨，我們就不去海邊（beach）。

____

2. 如果他準時（on time）到達（arrive），他就能和我們一起去。

____

3. 如果我是他，我就要做那工作。

____

4. 如果他能飛 (fly)，他就會去看你。

5. 他希望他能讀更多的書。

6. 他說話的樣子好像他是我們的老師。

7. 我希望我英文說得更好。

8. 我建議 (suggest) 他幫助我們。

9. 我堅持 (insist) 他必須早起 (get up)。

10. 他的舉動 (act) 好像他什麼都知道。

11. 如果我認識 (know) 他，我昨天就去拜訪他了。

12. 如果我是你，我上星期就去美國了。

13. 如果他有時間，他昨天就告訴你那消息了。

14. 如果我下星期有空 (free)，我會打電話 (call up) 給你。

15. 萬一她在這裡，她就會幫助我們。

16. 萬一他努力工作，他就會升遷 (promote)。

第10章 不定詞 Infinitive

52 不定詞的組成

① 不定詞的時式

【公式】 to + 原形動詞 = 不定詞

【例】 to go, to study, to return

時式＼語態		主動	被動
現在	基本形	to send	to be sent
	進行	to be sending	
過去	基本形	to have sent	to have been sent
	進行	to have been sending	

② 不定詞基本功用

中文一句可以任意使用幾個動詞，但英文則不同，一句只許用一個動詞，如果遇一句有幾個動詞的場合，就得使用不定詞、分詞與動名詞三者中的一個。現在我們來研究不定詞，避免一句使用幾個動詞的用法。

【中文】 我要去買書。

【註】 此句有三個動詞，即（要）（去）（買）。

【英文】 I want ***to go to buy*** books.

【註】 上句因爲使用不定詞 to go 與 to buy，所以只有一個動詞 want。

【中文】 我計劃赴美國讀英文。

【註】 此句有三個動詞，即（計劃）（赴）（讀）。

【英文】 I plan ***to go*** to America ***to study*** English.

【註】 上句因爲使用不定詞 to go 與 to study，所以只有一個動詞 plan。

【要訣】 凡一句中遇有兩三個動詞，就把後面的動詞，加上一個 to，把它們變成不定詞，就合「一句只有一個動詞」的規則。

53 不定詞的用法

① 做名詞用

(a) 做主詞

【例】 ***To see*** is ***to believe***.（眼見爲信。）
To help others is the source of happiness.
（助人爲快樂之本。）

【註】 上句中之 To see 與 To help 都是不定詞當主詞。

(b) 做眞正主詞

【例】 *It* is wrong ***to tell*** lies. = ***To tell*** lies is wrong.
（說謊是錯誤的。）

【註】 It 只是形式上的主詞，眞正主詞是 to tell lies。

【例】 *It* is a great pleasure ***to see*** you. = ***To see*** you is a great pleasure.（見到你眞是榮幸。）

【註】 眞正主詞是 to see you。

(c) 做主詞補語

【例】 ***To see*** is ***to believe***.

【註】 to believe 是主詞 To see 的補語。

【例】 His hobby is ***to collect*** stamps.（他的嗜好是集郵。）

【註】 to collect 是主詞 hobby 的補語。

【例】 He seems ***to be*** a wise man.（他好像是一個聰明人。）

【註】 to be 是主詞 He 的補語。

(d) 做及物動詞的受詞

【例】 They { like（喜歡）
want（要）
plan（計劃）
expect（期待）
hope（希望）
wish（希望）
intend（打算） } ***to return*** home（回家）.

【註】 to return 是上面各及物動詞的受詞。

(e) 做介系詞的受詞【只有 but, expect, than, about 這四個介系詞。詳見「文法寶典」p.411】

【例】 Tom was about ***to start*** when I came.
（我來的時候，湯姆正要出發。）
【註】 to start 是介系詞 about 的受詞。

(f) 做受詞補語

【例】 They thought the moon ***to be inhabited***.
（他們以爲月亮上住著人。）
【註】 to be inhabited 是受詞 moon 的補語。

【例】 I wish him ***to be*** at the meeting.（我希望他出席會議。）
【註】 to be 是受詞 him 的補語。

② 做形容詞用

(a) 放在名詞後，修飾名詞

【例】 I want some books ***to read***.（我要幾本可讀的書。）
【註】 to read 修飾名詞 books。

【例】 He is not a man ***to tell*** a lie.（他不是一個說謊的人。）
【註】 to tell 修飾名詞 man。

【例】 He is so poor that he has nothing ***to eat***.
（他非常窮所以沒有東西吃。）
【註】 to eat 修飾代名詞 nothing。

(b) 做主詞補語

【例】 He seems ***to know*** all about my plan.

（他似乎知道我全部的計劃。）

【註】 to know... 做主詞補語。

【例】 Atomic energy has proved ***to be*** of great medical value.

（原子能證明對醫學大有價值。）

【註】 to be... 做主詞補語。

③ 做副詞用

【例】
He went ***to read*** the notice.〔表示目的〕
（他去看那佈告。）
I am glad ***to see*** you.〔表示原因〕
（我很高興見到你。）
He must be a wise man ***to say*** so.〔表示理由〕
（他這樣說，一定是聰明人。）
I would be glad ***to be*** able to help you.〔表示條件〕
（我很高興能幫助你。）
He grew up ***to be*** a handsome young man.〔表示結果〕
（他長大成為一美少年。）

④ 獨立不定詞（***Absolute Infinitive***）

此類不定詞是修飾全句的，所以可以說是副詞片語。

【例】
To speak frankly, he is not honest.
（坦白說，他不誠實。）
To speak the truth, what he said is a lie.
（老實說，他說的是謊言。）
I know it, ***to be true***.
（我確實知道它。）

【類例】 to return to the subject（言歸正傳）, strange to say（說來奇怪）, to be brief（總而言之）

54 不定詞應用公式

(a) It is + 形容詞 + of~ + 不定詞（此句型中的形容詞，是表示對 of 之後（代）名詞稱讚或責備的字）

【例】 It is { kind（仁慈）/ good（善意）/ considerate（體貼）/ clever（聰明）/ foolish（愚笨）/ right（對）/ wrong（錯） } of you ***to say*** so（這麼說）.

(b) It is + 形容詞 + for + 人 + 不定詞

【例】 It is { natural（自然）/ necessary（必需）/ important（重要）/ possible（可能）/ impossible（不可能）/ difficult（困難）/ easy（容易） } for me ***to say*** so.

(c) 「be + 不定詞」表預定、義務、希望、可能等。

【例】
The meeting ***is to be held*** tomorrow.
（會議預定明天舉行。）
He ***is to be punished*** right now.（他立刻就要受罰。）

55 省略 to 的不定詞

① **感官動詞後的省略**

感官動詞如 see, hear, feel, watch, perceive（感覺）, look at, listen to, notice 後面的不定詞符號 to 須省略。但被動語態時，to 不可省略。

【例】
I saw him ***smoke*** (smoking).〔主動〕
（我看見他抽煙。）
He was seen ***to smoke***.〔被動〕

【例】
I heard him ***sing*** (singing) a song.〔主動〕
（我聽見他唱歌。）
He was heard ***to sing*** a song.〔被動〕

【例】
I feel my heart ***beat*** (beating).（我感覺心在跳。）
I watch them ***catch*** (catching) fish.（我看他們捉魚。）

② 使役動詞後的省略

使役動詞如 have, make, let, bid 後面的不定詞符號 to 須省略。

【例】
I ***had*** him ***look after*** my baggage.
（我叫他照料我的行李。）
I ***made*** him ***return*** my book.
（我要他歸還我的書。）
He ***let*** me ***use*** his telephone.
（他讓我使用他的電話。）
Father ***bade*** me ***go*** at once.
（父親吩咐我立刻就去。）

【註】本例中之 have 不表「有」，make 不表「做」，都表「讓；使」。

③ 某些成語後的省略

(a) had better + 原形（最好）

【例】He had better ***go*** at once.（他最好立刻就去。）

(b)
cannot but + 原形（不得不）
cannot help + 動名詞（不得不）

【比較】
He cannot but ***believe*** the news.
= He cannot help ***believing*** the news.
（他不得不相信那消息。）

(c) do nothing but + 原形（什麼也不做，只是～）

【例】 He did nothing but ***play*** all day long.
（他整天什麼也不做，只是玩。）

【注意】 如果 nothing but 前面不用 do 而用其他動詞，to 就不可省略。

【例】 He thought about nothing but ***to earn*** money.
（他什麼也不想，只想賺錢。）

(d) would rather + 原形 + than + 原形（寧願～也不願…）

【例】 He would rather ***die*** than ***surrender***.
（他寧願死，也不願投降。）

(e) need not（不需要）, dare not（不敢）

【例】 He need not ***see*** the show.（他不需要看那表演。）
He dare not ***sit down***.（他不敢坐下。）

【特別注意】 need not, dare not 做助動詞時，第三人稱單數不加 s；但如做本動詞時，須加 s，且後面不定詞須加 to。

【例】 He ***needs*** 〔dares〕 ***to meet*** me.

56 不定詞的時式

① 簡單式不定詞

【例】 He seems ***to be*** rich.（他好像很有錢。）
He appears ***to study*** hard.（他好像很努力讀書。）

② 進行式不定詞

【公式】 to be + 現在分詞

【例】 He seems ***to be studying*** English now.
（他現在好像在讀英文。）
He is said ***to be playing*** the piano.
（據說他正在彈鋼琴。）

③ 完成式不定詞

【公式】 to have + 過去分詞

「完成式不定詞」表比主要動詞先發生。

【例】

He seems ***to have been*** sick yesterday.
（他好像昨天生過病。）
He is said ***to have won*** the prize.
（據說他得獎了。）
Father appears ***to have been*** a good student in the past.（爸爸從前好像是一個好學生。）

57 不定詞的語態

① 現在式被動

【公式】 to be + 過去分詞

【例】

He wants ***to be looked after***.
（他要受人照料。）
The telephone needs ***to be repaired***.
（那電話需要修理。）

② 完成式被動

【公式】 to have + been + 過去分詞

【例】

He seems ***to have been punished*** by his teacher yesterday.
（他好像昨天被老師處罰了。）
He is reported ***to have been wounded*** in the accident.
（據報導，他在意外事故中受傷。）

練習 28

(A) 改錯（沒有錯不改）:

1. The teacher let us to leave early.
2. He needs not to do that work.
3. He saw the boys to play football.
4. You had better to ride the horse.
5. He did nothing but to listen to the radio.
6. He desired nothing but become a good student.
7. I heard him studied English.
8. He was seen attend the meeting.
9. He made me carry the baggage.
10. I had my teacher to correct my essay（作文）.
11. He dare not to appear before us.
12. He cannot but to taste the sour grape.

(B) 選擇：

1. He seems (to study, to be studying) English next door now.
2. My watch needs (to repair, to be repaired).
3. He is reported (to leave, to have left) for America yesterday.
4. Henry appears (to be laughed, to have laughed, to have been laughed) at by others last night.
5. He is said (to do, to be doing) his homework right now.

(C) 翻譯：

1. 我看見他出席（attend）那會議。

____

2. 我聽見他取笑（laugh at）湯姆。

___

3. 我感覺地（the earth）在搖（shake）。

___

4. 我讓（have）他做完（complete）這練習。

___

5. 我使（make）他送（send）那封信。

___

6. 他什麼也不做只是看電影（the movies）。

___

7. 他不得不接受（take）我的勸告（advice）。

___

8. 他最好留（stay）在家中（at home）。

___

9. 他寧願玩也不願上學。

___

10. 他不需躺（lie）在草地（grass）上。

___

11. 他不敢舉（raise）他的手。

___

12. 你請（invite）我吃晚餐（to dinner）太好了。

___

第11章 分詞 Participle

58 分詞的組成

【公式】
- 現在分詞 = 動詞 + ing
- 過去分詞
  - 有規則 = 動詞 + ed
  - 不規則 = (參閱動詞變化)

【例】
- 現在分詞 ***speaking***, ***doing***, ***going***
- 過去分詞
  - ***studied***, ***added*** — 有規則
  - ***spoken***, ***done*** — 不規則

59 分詞的用法

① 現在分詞的用法

(a) 放在名詞前面做形容詞

【例】
- a ***walking*** dictionary (活字典)
- a ***falling*** leaf (落葉)
- ***running*** water (流水)
- an ***interesting*** book (有趣的書)

(b) 做補語

【例】
- He kept ***waiting*** for a long time. 〔主詞補語〕
  (他等了很久。)
- I saw a man ***sitting*** on a stone. 〔受詞補語〕
  (我看見一個人坐在石頭上。)
- I found him ***reading*** in his study. 〔受詞補語〕
  (我發現他在書房讀書。)

(c) be + 現在分詞 = 進行式

【例】
The boy ***is running***.
（那男孩正在跑。）
It ***was raining*** hard.
（正在下大雨。）

② 過去分詞的用法

(a) 放在名詞前面做形容詞

【例】
a ***written*** examination（筆試）
a ***tired*** man（疲倦的人）
a ***wounded*** soldier（傷兵）

(b) 放在名詞後面做形容詞

【例】
Money ***lent*** is money ***spent***.
（借出去的錢就等於花掉的錢。）
Books ***written*** by him are all popular.
（他寫的書都很受歡迎。）

【注意】 現在分詞和過去分詞都可修飾名詞，其唯一的區別，就是現在分詞所表示的意義是主動的，過去分詞是被動的。

【例】 The man { ***speaking***（說話）/ ***spoken*** about（被提及）} is Tom.

【註】 speaking 是「主動在說話」，spoken 是「被動的被人提及」。

(c) 做主詞補語

【例】
He is ***gone***.（他不見了。）
The sun is ***set***.（太陽下山了。）
She grew ***tired*** of life.（她厭世。）
I felt ***exhausted*** this morning.
（我今天早晨覺得筋疲力竭。）

(d) 做受詞補語

【公式】 have (get) + 受詞 + 過去分詞 = 自己不做而讓別人做

【例】 I had my
- hair ***cut***. (剪頭髮)
- watch ***repaired***. (修錶)
- clothes ***made***. (做衣服)
- photo ***taken***. (照相)
- shoes ***shined***. (擦鞋)

【比較】
- I had my leg ***broken***. (我把腿摔斷了。)
- I had my money ***stolen***. (我的錢被偷了。)

(e) be + 過去分詞 = 被動語態

【例】
- He ***was run over*** by a car. (他被車輾過。)
- He ***was bitten*** by a dog. (他被狗咬。)

(f) have + 過去分詞 = 完成式

【例】
- I ***have finished*** my homework.
  (我已做完了家庭作業。)
- I ***have lived*** here for ten years.
  (我住在此地十年了。)
- He ***had left*** when I called on him.
  (我拜訪他的時候，他已經離開了。)

60 分詞構句

有許多副詞子句與對等子句可以改爲分詞構句。

① 副詞子句改成分詞構句

【改法】 (1) 把連接詞去掉
(2) 把主詞去掉 (與主要子句主詞相同時)
(3) 把動詞改爲現在分詞

【例】
When I entered the room, I saw a dog.
= ***Entering*** the room, I saw a dog.
(當我進那房間的時候，看見一隻狗。)

【例】
As he was tired, he sat down to rest.
= ***Being*** tired, he sat down to rest.
（因爲累了，他坐下來休息。）

【例】
As he was punished by his teacher, he cried aloud.
= (*Being*) ***Punished*** by his teacher, he cried aloud.
（因爲被老師處罰，他哭得很大聲。）

【注意】 句首的 being 在句意清楚時可省略。

【例】
If you turn to the right, you will find the building on the left.
= ***Turning*** to the right, you will find the building on the left.
（如果你向右轉，你會在左邊找到那棟建築物。）

【例】
Though I admit you are right , I cannot agree with you.= ***Admitting*** you are right, I cannot agree with you.（雖然我承認你是對的，但我卻不同意你。）

② 由 and 連起來的對等子句也可改成分詞構句

【例】
He stayed up late and read magazines.
= He stayed up late, ***reading*** magazines.
（他很晚不睡看雜誌。）

【例】
I left my home at seven and arrived at my destination in two hours.
= I left my home at seven, ***arriving*** at my destination in two hours.
（我七點離開家，二小時後到達目的地。）

【特別注意】 凡是分詞構句，必須用逗點（,）與主要子句分開。

【例】
After I had seen her, I returned home.
= ***Having seen*** her, I returned home.
（我看見她後，我就回家了。）

【注意】 過去完成之 had 須改爲 having + 過去分詞。

③ 形容詞子句改成分詞片語，不是改成分詞構句，所以不須用逗點與主要子句分開

【例】
The man who is speaking English is Tom.
= The man ***speaking*** English is Tom.
（說英文的人是湯姆。）

【例】
The boy who was punished by the teacher ran away.
= The boy ***punished*** by the teacher ran away.
（被老師處罰的男孩跑走了。）

【註】上句因為是主動，所以用現在分詞 speaking；
下句因為是被動，所以用過去分詞 punished。

61 獨立分詞構句

凡分詞構句中的分詞自己另有一個主詞時，這個分詞構句就稱為獨立分詞構句。

【例】
As the weather is very bad, we gave up the plan to go fishing.
= ***The weather being*** very bad, we gave up the plan to go fishing.
（因為天氣很壞，所以我們放棄去釣魚的計劃。）

【改法】因為這兩個子句主詞不同，所以副詞子句改成分詞構句時，它的主詞仍須保留。

【例】
When the day broke, we started on our journey.
= ***The day breaking***, we started on our journey.
（當天亮的時候，我們就出發去旅行了。）

【例】
I will start tomorrow if weather permits.
= I will start tomorrow, ***weather permitting***.
（如果天氣許可，我明天就動身。）

【例】
As the lamp is lit, we shall all see.
= ***The lamp being*** lit, we shall all see.
（因爲燈點上了，我們大家就會看見。）

【例】
After the work had been completed, I went to bed.
= ***The work having*** been completed, I went to bed.
（工作完成後，我就睡覺了。）

【註】有些獨立分詞意義上的主詞表示「**一般人**」，如 we, one, you 時，主詞可以省略，稱爲「**非人稱獨立分詞片語**」，它不以主要子句的主詞爲其意義上的主詞。

【例】
Generally speaking, students like to play.
= *If we* ***speak generally***, students like to play.
（一般說來，學生喜歡玩。）
Strictly speaking, he is not honest.
= *If we* ***speak strictly***, he is not honest.
（嚴格說來，他是不誠實的。）
Judging from his appearance, he is rather poor.
= *If we* ***judge from his appearance***, he is rather poor.
（從他的外表判斷，他是相當窮的。）

62 分詞的被動語態

(a) being + 過去分詞 = 現在被動

【例】
Seeing her, Tom ran away.〔主動〕
Being seen by her, Tom ran away.〔被動〕
（湯姆被她看見就逃跑了。）

(b) having + been + 過去分詞 = 完成被動

【例】
Having seen her, he left hurriedly.〔主動〕
Having been seen by her, he left hurriedly.〔被動〕
（他被她看見後，就匆匆離開了。）

練習 29

(A) 用分詞片語或分詞構句代替子句：

【例】 When I arrived there, I found John sick.

【答】 Arriving there, I found John sick.

1. When I saw her, I cried with joy.
2. He left at once after he had finished the work.
3. After he had spoken to her, he was very happy.
4. When we were walking down the street, we met him.
5. After he had been seen by her, he had to admit（承認）everything.
6. As I was tired, I could not go.
7. As he had no money, he stopped buying the book.
8. As it was a fine day, I took a walk there.
9. When the work was completed, we felt happy.
10. The men who are standing at the door are our relatives（親戚）.
11. The day which had been a sad one finally ended（結束）.
12. The boy who was blamed by his mother cried loudly.

(B) 翻譯（用分詞片語或分詞構句）：

1. 一般說來，男人比女人強壯（strong）。

____

2. 嚴格說來，我們不應該說謊（tell lies）。

____

3. 那小偷（thief）看見我就跑走了。

____

4. 因爲是星期日，我們沒有課 (have no class)。

____

5. 我吃完晚餐後，就去看電影了。

____

6. 我做完功課後，就出去散步 (for a walk)。

____

7. 我在街道上走的時候，遇見一位老朋友。

____

8. 因爲老師生病，我們都回家了。

____

9. 因爲沒有時間，我不能去車站爲他送行 (see him off)。

____

10. 如果你向左轉，你就可以看到車站。

____

11. 那個穿 (wear) 紅衣服的女孩是我的妹妹。

____

12. 那個被我們取笑 (laugh at) 的人跑走了 (run away)。

____

13. 因爲我有時間，我要出去理髮。

____

14. 因爲我的錶壞了 (out of order)，我要修理它。

____

第 12 章 動名詞 Gerund

63 動名詞的組成

【公式】 動詞 + ing = 動名詞

語態 \ 時式	現在	過去
主動	being met	having been met
被動	being met	having been met

64 動名詞的用法

動名詞和現在分詞形狀完全相同，都是「動詞 + ing」，但用法卻完全不同，現在分詞做形容詞用，動名詞卻做名詞用。

① 做主詞用

【例】
Sleeping is necessary for life.
（睡眠是人生所必需的。）
Talking is easy, but ***working*** is difficult.
（說易行難。）

【注意】 動詞絕不可當主詞，必須把它變成不定詞或動名詞，以符合「一句一動詞」的規則。所以上句的 Sleeping 也可以改成 To sleep，Talking 可以改成 To talk，working 可以改成 to work。

② 做補語用

【例】
Seeing is ***believing***.（眼見爲信。）
The best kind of exercise for old men is ***walking***.
（老年人最好的運動是散步。）

③ 做動詞的受詞

【例】 He enjoys ***playing*** tennis.（他喜愛打網球。）
He finished ***writing*** letters.（他寫完信。）

④ 做介系詞的受詞

【例】 He is fond of ***swimming***. （他喜歡游泳。）
He insisted on ***going*** with us.
（他堅持跟我們去。）
They talked about ***going*** abroad.（他們談論出國。）

⑤ 動名詞的慣用語

(a) There is no + 動名詞 = 無法；不可能

【例】 There is no ***telling*** what he will do next.
（他下一步行動是什麼無法知道。）
There is no ***arguing*** with him.（無法和他爭辯。）

(b) cannot + help + 動名詞 = 不得不～

【比較】 I cannot ***help leaving*** at once.
= I cannot ***but leave*** at once.
（我不得不馬上離開。）

【註】 but 之後須用原形動詞。

(c) be worth + 動名詞 = 值得

【例】 The picture is ***worth seeing***.
（那張照片值得一看。）
The book is ***worth reading***.（那本書值得一讀。）

(d) on + 動名詞 = 一～就…

【例】 ***On reaching*** home, I went to bed.
= As soon as I reached home, I went to bed.
（我一到家，就睡覺了。）

(e) It is no use + 動名詞 = ～沒有用

【例】
- It is ***no use arguing*** with him.
  （和他爭辯於事無補。）
- It is ***no use crying*** over split milk.（【諺】覆水難收。）

65 接動名詞的動詞

① 我們在第十章不定詞中，知道不定詞可放在及物動詞後，來做它的受詞。如：

【例】
- They ***want to see*** you.（他們要拜訪你。）
- She ***wished to stay*** here.（她希望留在這裡。）
- I ***promised to go***.（我答應去。）

但是某些及物動詞後面，卻不接不定詞而接動名詞來做受詞。因爲此類動詞數目並不多，爲了避免混淆，現在我把它們最重要者，列舉在下面，希望讀者記下來。

enjoy（喜歡）	He ***enjoyed seeing*** the movie. （他喜歡看電影。）
finish（完成）	He ***finished doing*** his work. （他做完工作了。）
consider（考慮）	I ***consider buying*** a car. （我考慮買一輛車。）
avoid（避免）	She ***avoided seeing*** him. （她避免看見他。）
mind（介意）	Do you ***mind closing*** the door? （你介意關門嗎？）
keep（繼續）	***Keep waiting***.（繼續等著。）
deny（否認）	He ***denied taking*** the book. （他否認拿走書。）
admit（承認）	He ***admitted saying*** so.（他承認如此說。）

② 有些動詞後面也可以接不定詞也可以接動名詞，做為受詞

begin（開始）
- She ***began to laugh***.
- She ***began laughing***.
- （她開始笑。）

start（開始）
- She ***starts to teach*** tomorrow.
- She ***starts teaching*** tomorrow.
- （她明天開始教書。）

continue（繼續）
- He ***continued to play*** bridge.
- He ***continued playing*** bridge.
- （他繼續玩橋牌。）

like（喜歡）
- I ***like to drive*** your car.
- I ***like driving*** your car.
- （我喜歡開你的車。）

dislike（厭惡）
- He ***disliked to gamble***.
- He ***disliked gambling***.
- （他厭惡賭博。）

hate（討厭）
- Everyone ***hates to wait for*** buses.
- Everyone ***hates waiting for*** buses.
- （每個人都討厭等公車。）

prefer（比較喜歡）
- He ***prefers to type*** his own letters.
- He ***prefers typing*** his own letters.
- （他比較喜歡打自己的信。）

plan（計劃）
- I ***plan to learn*** German next year.
- I ***plan learning*** German next year.
- （我計劃明年學德文。）

③ 但有幾個動詞後接不定詞與動名詞，意義完全不同

(a) stop + { 不定詞 = 停下來，去做 / 動名詞 = 停止做 }

【例】 { He ***stopped to talk***.（他停下來說話。）
He ***stopped talking***.（他停止說話。） }

(b) remember + { 不定詞 = 記得去（動作未發生） / 動名詞 = 記得曾（動作已發生） }

【例】 { He ***remembers to write*** to her every week.
（他記得要每個禮拜寫信給她。）
He ***remembers writing*** to her every week.
（他記得曾每個禮拜寫信給她。） }

66 to 後接動名詞

to 有兩種功用，一是不定詞符號，它後面接原形動詞，如 to go，一是介系詞，它後面接名詞或代名詞，做爲它的受詞。如 He gave the book ***to*** the boy. 但如果它後面是動詞，須把它變成動名詞，做爲它的受詞。下面例句中的幾個 to，都是介系詞，後面接動名詞。

(a) be used〔accustomed〕to（習慣於）

【例】 { He ***is used to smoking***.（他習慣抽煙。）
He ***is accustomed to getting up*** early.
（他習慣早起。） }

【比較】 He ***used to smoke***.（他以前抽煙。）

(b) be devoted to（專心；致力）

【例】 { He ***was devoted to studying*** English.
= He ***devoted*** himself ***to studying*** English.
（他專心讀英文。） }

(c) object to（反對）

【例】 He ***objects to paying*** his bill.（他反對付帳。）

(d) look forward to（期待）

【例】They ***look forward to seeing*** you.
（他們期待見到你。）

(e) take to（喜歡）

【例】He ***takes to gambling***.（他喜歡賭博。）

(f) with a view to（爲了）

【例】***With a view to learning*** English, he went to America.
（爲了學英語，他去了美國。）

【比較】***In order to learn*** English, he went to America.
（爲了學英語，他去了美國。）

67 動名詞前的（代）名詞用所有格

【例】
She doesn't mind ***my*** coming late.
（她不介意我晚到。）
I don't like ***his*** borrowing money.
（我不喜歡他借錢。）
I don't remember ***his*** paying the money.
（我想不起來他付過那筆錢。）
They dislike ***John's*** going there.
（他們不喜歡約翰去那裡。）

68 動名詞的時式

動名詞也有時式，分現在和過去，表現在用簡單式動名詞，表過去是用完成式動名詞。

【例】
She likes ***speaking*** English.〔現在〕
（她喜歡說英文。）
She likes ***having spoken*** English yesterday.〔過去〕
（她喜歡昨天說了英文。）

【例】
They talked about ***skating***.〔現在〕
（他們談論溜冰。）
They talked about ***having skated*** last year.〔過去〕
（他們談論去年的溜冰。）

但實際上具有過去的意義，常用簡單式來表示，尤以介系詞後更常見。

【比較】
after ***drinking*** the wine〔比較常見〕
after ***having drunk*** the wine〔較少用〕
（喝完酒後）

69 動名詞的被動

【公式】
現在 — being + 過去分詞
過去 — having + been + 過去分詞

① 現在被動

【例】
He tries to avoid ***being seen*** by us.
（他設法避免被我們看見。）
He likes ***being praised*** by me.
（他喜歡被我稱讚。）
He is used to ***being laughed at***.
（他習慣被人取笑。）

② 過去被動

【例】
He showed no signs of ***having been punished***.
（他沒有顯現出被處罰的跡象。）
I don't mind ***having been written about*** like this.
（我不介意被描寫成這樣。）

練習 30

(A) 指出下列句中（動詞 + ing），何者爲動名詞，何者爲分詞：

1. John insisted on going with us.
2. Going to school, Tom met me.
3. He was prevented from coming due to the weather.
4. The boy coming toward us is Tom.
5. Working faster was impossible.
6. Working in the field, the farmer saw a snake.
7. I like driving a car.
8. The man driving a car is my brother.
9. They laughed about our having lost our way（迷路）.
10. Having lost our way, we passed the night in a wood（樹林）.

(B) 選擇：

1. He is devoted to (write, writing) the composition（作文）.
2. He finished (sweeping, to sweep) the room.
3. They look forward to (meet, meeting) you.
4. They want to (swim, swimming) in the river.
5. They enjoy (to row, rowing) a boat.
6. Do you mind (to open, opening) the window?
7. He used to (take, taking) a walk before breakfast.
8. He is used to (sleep, sleeping) ten hours.

9. He cannot help (leave, leaving) the station.
10. It is no use (to attend, attending) the meeting.

(C) 翻譯：

1. 他戒掉（give up）抽煙與喝酒。
2. 他因爲（for）偷竊（steal）而受罰。
3. 工作不（without）努力，你就不能成功（succeed）。
4. 他不喜歡出國（go abroad）。
5. 他不喜歡我出國。
6. 我不喜歡（fond of）做這工作。
7. 爬（climb）山（mountain）很有趣（interesting）。
8. 寫信是我的工作。
9. 他吃完早餐了。
10. 他喜歡聽（listen to）收音機。
11. 他不（stop）依賴（depend on）父親了。
12. 他停下來（stop）種（raise）花。
13. 他專心增進（increase）知識。
14. 他習慣在睡覺前喝咖啡。
15. 他盼望去台北觀光（go sightseeing）。
16. 這本書値得讀兩遍（twice）。
17. 哭（cry）也無用。
18. 他反對我看（read）英文報紙。
19. 看報對我們有益（do us good）。
20. 他喜歡（fond of）你得獎（win the prize）。

助動詞

Auxiliary Verb

70 助動詞的種類

助動詞共有 —— be, have, do, may, might, can, could, must, need not, dare not, ought to, shall, will, should, would, used to

71 be 的用法

① **be** + 現在分詞 = 進行式

【例】
- He ***is reading*** a letter.（他正在看信。）
- He ***was sleeping*** when we called.（我們打電話來的時候，他正在睡覺。）

【註】 參閱第七章 45 進行式。

② **be** + 過去分詞 = 被動語態

【例】
- The letter ***is read*** by him.（這封信被他讀。）
- He ***was bitten*** by a dog.（他被狗咬。）

【註】 參閱第八章語態。

72 have 的用法

① **have** (**has**) + 過去分詞 = 現在完成式

【例】
- I ***have*** once ***read*** it.（我讀過它一次。）
- He ***has*** already ***started***.（他已經動身了。）
- I ***have lived*** here since 1985.（我自從一九八五年就住在這裡。）

② **had** + 過去分詞 = 過去完成式

【例】 The train ***had started*** when we arrived at the station.
（我們到車站時，火車已開了。）

③ **will, shall + have + 過去分詞 = 未來完成式**

【例】 I ***will have finished*** my writing by this time tomorrow.
（我明天此時將可完成我的著作。）
【註】 參閱第七章 44 進行式。

73 do 的用法

① 做否定句的符號

【例】
He works hard.〔肯定〕
（他工作努力。）
He ***does*** not (doesn't) work hard.〔否定〕
（他工作不努力。）

【例】
He spoke loudly.〔肯定〕
（他說話聲音很大。）
He ***did*** not speak loudly.〔否定〕
（他說話聲音不大。）

【註】 (1) 第三人稱單數現在式用 does。
(2) doesn't 是 does not，don't 是 do not，didn't 是 did not 的縮寫。
(3) do 的過去式是 did。
(4) do 當助動詞用，它後面的動詞永遠用原形。

② 做疑問句的符號

【例】
He runs quickly.〔敘述句〕
（他跑得快。）
Does he run quickly?〔疑問句〕
（他跑得快嗎？）

【例】
He sang well.（他唱得好。）〔敘述句〕
Did he sing well?〔疑問句〕
（他唱得好嗎？）

③ 加強語氣，表「的確；務必」

【例】
I ***do*** believe you are wrong. (我的確相信你錯了。)
He ***did*** come yesterday. (他昨天的確來了。)

【例】
Do come to see me. (務必來看我。)
Do help me, please. (請務必幫助我。)
Do work a little harder. (工作務必更努力一點。)

④ 避免動詞重覆

【例】
He lives at home but I ***don't*** (= don't live at home) .
(他住在家裡，但我不是。)
He doesn't drive a car but I ***do*** (= drive a car) .
(他不開車，但我開車。)
I study harder than he ***does*** (= studies) .
He spoke not so loudly as I ***did***. (= spoke) .

【例】
Do you smoke? (你抽煙嗎？)
Yes, I ***do***. / No, I ***don't***.
Did you see him? (你看見過他嗎？)
Yes, I ***did***. / No, I ***didn't***.

【例】
He likes wine and so ***do*** we.
(他喜歡酒，我們也一樣。)
He doesn't go and neither ***do*** I.
(他不去，我也不去。)

【註】 在 so (也)，neither, nor (也不) 的句型中，排列順序為 **so (neither, nor) + do + 主詞**。

⑤ 用在附加問句中

【例】
He lives here, ***doesn't*** he?
(他住在這裡，不是嗎？)
He didn't see you, ***did*** he?
(他沒有看見你，是嗎？)

⑥ 否定 + **do** + 主詞 + 動詞原形 = 加強語氣的倒裝

【例】
He never speaks the truth.〔普通〕
→ Never ***does*** he speak the truth.〔加強〕
（他從不說實話。）

【例】
He seldom wrote his own letters.〔普通〕
→ Seldom ***did*** he write his own letters.〔加強〕
（他很少自己寫信。）

特別注意

上面討論過的三個助動詞 be，have，do 也可以當主要動詞用，千萬不可混淆。

be
He ***is*** as honest as I.〔主要動詞〕
（他和我一樣誠實。）
He ***was*** almost tired out.〔主要動詞〕
（他幾乎累壞了。）
He may ***be*** angry.〔主要動詞〕
（他也許生氣了。）
He has ***been*** sick lately.〔主要動詞〕
（他最近生病了。）

have
I ***have*** a dictionary.〔主要動詞〕
（我有一本字典。）
I ***had*** my breakfast.〔主要動詞〕
（我吃過早餐了。）
I ***have*** to do my work.〔主要動詞〕
（我必須做我的工作。）
I have ***had*** much money.〔主要動詞〕
（我有許多錢。）

【註】最後一句的第一個 have 是助動詞，用來組成完成式。

do
- He ***does*** his work well.（他工作做得好。）〔主要動詞〕
- He ***did*** his lesson yesterday.〔主要動詞〕（他昨天把功課做好了。）
- What is he ***doing*** now?〔主要動詞〕（他現在正在做什麼？）
- He has ***done*** his best already.〔主要動詞〕（他已經盡力了。）
- What do you ***do*** in the evenings?〔主要動詞〕（你晚上都做些什麼？）

【註】最後一句的第一個 do 是助動詞，用來組成問句。

74 may 的用法

① 表示推測，表「也許」

【例】
- What he said ***may*** be true.（他說的話也許是眞的。）
- He ***may*** become a good citizen.（他也許可以成爲一個良好的公民。）

【比較】***Maybe*** he is honest.（他也許是誠實的。）

【註】maybe 和 may be 意義相同，但前者是副詞，後者是動詞。

② 表示許可，表「可以」

【例】
- You ***may*** go whichever way you like.（你可以走你喜歡的任何一條路。）
- ***May*** I ask you a question?（我可以問你一個問題嗎？）
- Yes, you ***may***.（是的，你可以問。）

③ 表示願望或請求

【例】
- ***May*** you live long and prosper!（祝你長壽富貴！）
- ***May*** you be happy!（祝你快樂！）

④ 用在表示目的的副詞子句中

【例】
He works hard so that he ***may*** be rich.
（他工作努力，爲了致富。）
He walked quickly so that he ***might*** be in time for the train.（他走得很快，爲了趕上那輛火車。）

【注意】 (1) might 是 may 的過去式，必須用在主要子句中的動詞是過去式的情況，如上面這句動詞 walked 是過去式。
(2) might 也可單用表示現在或將來，只是它表示的可能性較 may 爲小。

【比較】
He ***may*** come tomorrow.〔來的可能性大〕
He ***might*** come tomorrow.〔來的可能性小〕

【比較】
It ***may*** rain today.〔下雨的可能性大〕
It ***might*** rain today.〔下雨的可能性小〕

75 can 的用法

① 表示能力，表「能」

【例】
Can you speak French fluently?
（你法文能說得流利嗎？）
He said that he ***could*** do his work well.
（他說他能做好他的工作。）

【註】 could 是 can 的過去，必須用在主要子句中的動詞是過去式的情況。

② 表示懷疑，表「可能」

【例】
He ***can't*** be his father; he is too young.
（他不可能是他的父親；他太年輕了。）
What he said ***can't*** be true.
（他說的話不可能是眞的。）

【註】 表示懷疑的情況，can 常和 not 連用，縮寫爲 can't。

③ 表示許可，和 may 同義

【例】
Can I help you?（我可以幫你忙嗎？）
You ***can*** play around here, if you like.
（如果你喜歡的話，你可以在這附近玩。）

④ could 表示客套

【例】
Could you come and see me tomorrow?
（請你明天來看我，好嗎？）
= Please come and see me tomorrow.

【例】
Could you do me a favor?（請你幫我忙，好嗎？）
= Please do me a favor.

76 must 的用法

① 表示義務，表「必須」

【例】
We ***must*** be faithful to our friends.
（我們必須對朋友忠實。）
You ***must*** finish your work right now.
（你必須立刻完成你的工作。）

【註】 must 和 have to 意義大致相同，但 must 沒有過去式，所以必須用 had to 來代替。

【例】
We ***must*** work hard.（我們必須努力工作。）
We ***had to*** work last week.
（我們上星期必須工作。）

② 表示推測，表「一定」

【例】
He ***must*** be an honest man.（他一定是個誠實的人。）
He ***must*** have been very tired after walking such a long distance.（他走了這麼長的路，一定很累。）

【註】「must + V.」表對現在事實肯定的推測；
「must have + p.p.」表對過去事實肯定的推測。

77 need 的用法

表「需要」

【例】
He ***need*** not go at once.
（他不需要立刻去。）
Need he go at once?
（他需要立刻去嗎？）

【注意】(1) 因為此 need 是助動詞，所以主詞雖然是第三人稱單數，need 也不加 s，後面接原形動詞。

(2) need 也可做主要動詞，第三人稱單數要加 s，後面接不定詞。

【例】
He ***needs to*** go at once.
She ***needs to*** be cared for.

(3) do not need 雖是否定，卻是主要動詞，所以用法須按照上面 (2) 的主要動詞用法。

【例】
She ***doesn't need*** to be cared for.〔主要動詞〕
（她不需要被照顧。）
It ***needs*** to be done at once.〔主要動詞〕
（它必須立刻被做好。）

78 dare 的用法

表「敢」

【例】
He ***dare not*** do so.（他不敢這麼做。）
How ***dare*** you stand me up!（你竟敢放我鴿子！）

【注意】dare 和 need 用法完全相同，第三人稱單數不加 s，後面接原形動詞。如果單獨用就是主要動詞，須加 s，也須加不定詞。

【例】
He ***dares*** to insult me.（他敢侮辱我。）
She ***dares*** to laugh at me.（她敢取笑我。）

79 ought to 的用法

① 表示義務，作「應該」解

【例】We ***ought to*** obey regulations.（我們應該遵守規則。）
He ***ought to*** do his duty well.（他應該好好盡本分。）

② 表示推測，作「理應」解

【例】He ***ought to*** speak English well; he has been educated in America.
（他英文理應說得好；他在美國受過教育。）
He ***ought to*** have succeeded; he worked so hard.
（他理應成功；他工作很努力。）

【註】「ought to have + p.p.」表「過去該做而未做的事」（= *should have + p.p.*）。

80 shall 的用法

（參閱第七章 43 第④條）

81 should 的用法

① shall 的過去式

【例】I hope that I ***shall*** succeed.
I hoped that I ***should*** succeed.（我希望我將會成功。）

【註】因為第二例句主要子句動詞是過去式 hoped，所以從屬子句中的助動詞也要用過去式 should，以符合時式一致規則。

② 表示義務，作「應該」解

【例】We ***should*** respect teachers.（我們應該尊敬師長。）
We ***should*** always obey our parents.
（我們應該永遠服從父母。）

【註】should 的此種用法，完全和 ought to 相同。

③ **表「萬一」，用在假設法中**

【例】If I ***should*** fail, I shall try again.
（萬一我失敗，我要再試一次。）
【註】 參閱第九章 **50** 第⑤條。

④ **表示驚奇等情緒，也是一種假設法**

【例】It is { strange（奇怪） / necessary（必需） / proper（適當） / natural（自然） / no wonder（不足爲奇） / a pity（可惜） } that he（***should***）do so.

【註】 美語中此種用法的 should 常省略。

⑤ **lest～should＝惟恐**

【例】
Take your umbrella, ***lest*** it ***should*** rain.
（帶著雨傘，恐怕會下雨。）
He studies hard, ***lest*** he ***should*** fail.
（他用功讀書，惟恐考不及格。）

⑥ **should like to＝願意，要，希望**

【例】
I ***should like to*** go with you.（我願意和你一起去。）
I ***should like to*** start at once.（我要立刻出發。）

82 will 的用法

（參閱第七章 **43** 第④條）

83 would 的用法

① **will 的過去式**

【例】
I know that he ***will*** return soon.
I knew that he ***would*** return soon.
（我知道他不久就會回來。）

【註】因爲第二例句主要子句中動詞是過去式 knew，所以從屬子句中的助動詞也要過去式 would。

② **would = wish to, want to**

【例】
He ***would*** climb mountains even if his parents objected.（縱然他父母反對，他還是想要爬山。）
I ***would*** not let him know it.（我不希望讓他知道此事。）
Would (= I wish) that I were young again!
（願我能返老還童！）

③ 表示過去習慣，作「以前」解

【例】
He ***will*** sit up late at night.〔現在習慣〕
（他現在常熬夜。）
He ***would*** sit up late at night.〔過去習慣〕
（他以前常熬夜。）

④ 表示謙恭的請求

【例】
Would you please show me the way?
（請您告訴我路怎麼走好嗎？）
Would you kindly tell me what this word means?
（請您告訴我這個字的意義好嗎？）

⑤ **would rather (sooner) = 寧願**

【例】
I ***would rather*** go.（我寧願去。）
He ***would rather*** listen to others than talk himself.
（他寧願聽別人說，也不願自己說。）

84 used to 的用法

表示過去的習慣，作「以前」解

【例】
I ***used to*** smoke, but I gave it up last year.
（我以前抽煙，但我去年把它戒了。）
I ***used to*** live in Kaohsiung, but I live in Taipei now.
（我以前住在高雄，但我現在住在台北。）

85 助動詞的完成式

有些助動詞如 will，shall，can，may，must，ought to 後面接「have + 過去分詞」來表示動作在過去或未來已完成。(參閱第七章 45)

① 用在假設語氣中，表示過去不可能

【例】
I ***should have seen*** him if I had had time.
（如果當時我有時間，我就會去看他。）
If he had been you, he ***would have got*** angry.
（如果他是你，他就會生氣。）
I ***could have seen*** the cinema if I had wished to.
（如果我願意的話，我就能看到那部電影。）

【註】 參閱第九章 50 第④條。

② 表示動作已完成

【例】
He ***may have left*** for Europe yesterday.
（他可能昨天去歐洲了。）
He ***must have been*** very tired after walking such a long distance.（他走了這麼長的路，一定很累。）
You ***ought to have attended*** the meeting yesterday.
（你昨天理應出席那場會議。）

86 助動詞的被動語態

【公式】
現在 — 助動詞 + be + 過去分詞
完成 — 助動詞 + have + been + 過去分詞

① 被動簡單式

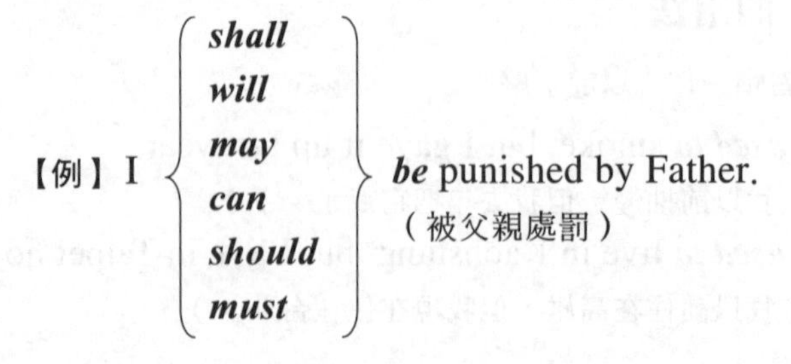

② 被動完成式

【例】He ***may have been punished*** by his father, for he is crying bitterly.
（他也許被父親處罰了，因爲他現在哭得很傷心。）

練習 31

(A) 改錯：

1. He ought not do it.
2. He may becomes a good student.
3. He did not went yesterday.
4. He needs not to work.
5. You must to finish it now.
6. He may punished by his teacher.
7. She dares not to speak English.
8. He does not need study hard.
9. She will goes to school.
10. He needs stay at home.

(B) 翻譯：

1. 他工作不努力。
2. 他英文說得好（well）嗎？
3. 你父親認識（know）約翰嗎？
4. 你昨天去看電影嗎？
   不，我沒有去。
5. 我確實相信（believe）我是對的。
6. 務必早一點（earlier）來。

7. 他學英文但我不學。
8. 他不唱歌，但我唱。
9. 我跑得比他快。
10. 他說英文說得比我流利 (fluently)。
11. 他工作努力，不是嗎？
12. 他昨天去台北，不是嗎？
13. 他絕不相信有鬼 (ghost)。〔加強語氣〕
14. 他很少說英文。〔加強語氣〕
15. 我可以出去嗎？
16. 他努力讀書爲了考試及格 (pass)。
17. 他不可能誠實。
18. 他一定可靠 (reliable)。
19. 他不須立刻 (at once) 動身。
20. 他不敢喝酒 (drink wine)。
21. 他考試及格不足爲奇 (no wonder)。
22. 他失敗很可惜 (a pity)。
23. 請你教我英文好嗎？
24. 請你告訴我那消息好嗎？
25. 凡是 (those who) 想要去的人必須舉 (raise) 手。
26. 他以前學英文，但現在卻學法文 (French)。
27. 你應該盡本分 (do your duty)。
28. 你去年應該盡本分。
29. 他昨天一定犯錯了。
30. 他可能去年工作不努力。

時式一致

Sequence Of Tense

所謂時式一致，就是從屬子句中動詞的時式，必須與其主要子句中動詞的時式一致。下面就是一致的規則。

87 主要子句是現在式、現在完成式或未來式

從屬子句中的動詞可使用任何適當的時式。

【例】I { ***know***（知道）/ ***have known*** / ***shall know*** } that { he ***is*** honest（誠實）. / he ***was*** honest. / he ***has been*** honest. / he ***will be*** honest. }

88 主要子句是過去式

從屬子句中的動詞必須用過去式或過去完成式。

(a) 從屬子句用過去式

【例】I ***know*** (*that*) he ***is*** well.（我知道他健康。）

↓ ↓

I ***knew*** (*that*) he ***was*** well.

【注意】 下面例句中雖有 tomorrow，但從屬子句中助動詞卻用過去式 would。

【例】I ***know*** he ***will*** go tomorrow.（我知道他明天將要去。）

↓ ↓

I ***knew*** he ***would*** go tomorrow.

(b) 從屬子句用過去完成式

【例】He ***says*** you ***have*** worked hard.（他說你工作得很努力。）

↓ ↓

He ***said*** you ***had*** worked hard.

89 例外的場合

(a) 表示眞理或鐵定事實用現在式

【例】
He ***told*** us yesterday that the earth ***moves*** around the sun.（他昨天告訴我們地球繞太陽旋轉。）
He ***said*** that one plus one ***is*** two.
（他說一加一等於二。）

(b) 歷史上的事實用過去式，不必用過去完成式

【例】
Tom ***told*** me that Shakespeare ***was*** born in 1564.
（湯姆告訴我莎士比亞生於一五六四年。）
The teacher ***taught*** me that Columbus ***discovered*** America in 1492.
（老師教我哥倫布於一四九二年發現美洲。）

(c) 表現在事實或習慣，動詞用現在式

【例】
He ***told*** me that he ***is*** now in the second year class of high school.
（他告訴我他現在是高中二年級。）
He ***said*** that the ***takes*** a walk every morning.
（他說他每天早晨散步。）

(d) 比較場合不受時式一致限制，可任意用適當的時式

【例】 He studied harder than she ***does***. / ***has***. / ***did***.
（他讀書比她用功。）

【例】
He ***is*** stronger than I ***am***.
（他比我強壯。）
He ***was*** stronger than I ***am*** now.
（他那時比我現在強壯。）
He ***is*** stronger than I ***was*** last year.
（他現在比我去年強壯。）

練習 32

(A) 改錯：

1. He said he will return it tomorrow.
2. I asked him who he is.
3. On arriving at the pier（碼頭）, he found the ship has already started.
4. I have done my work before you came in.
5. I knew that you will do it right now.
6. He ran so fast that I cannot catch him.
7. I thought he is a great hero.
8. He told me that a week had seven days.
9. He said that the sun was larger than the earth.
10. He said to me that I may go if I liked.

(B) 選擇：

1. He wrote me that he (has, had) arrived the day before.
2. We worked hard so that we (may, might) pass.
3. He was better yesterday than he (was, is) today.
4. He is better today than he (was, is) yesterday.
5. He said that he (was, is) going to start tomorrow morning.
6. He knew you (are, were) in town.
7. He believed she (forgot, had forgotten) him.
8. He sat there until the bell (rings, rang).
9. We had just come when you (call, called).
10. He told me that he usually (gets up, got up) at six every morning.

敘述法
Narration

90 敘述法的種類

A. 直接敘述法（Direct Narration）— 引用人直接說的話。

【例】John said, "I am busy."（約翰說：「我很忙。」）

B. 間接敘述法（Indirect Narration）— 報告他人所說的話。

【例】John said that he was busy.（約翰說他很忙。）

91 直接敘述變間接敘述

① 引句中動詞是現在式的場合

【例】
John said to me, "I like New York."
（約翰對我說：「我喜歡紐約。」）
John told me that ***he liked*** New York.
（約翰告訴我他喜歡紐約。）

【注意】由直接敘述變間接敘述須注意下列各點：
(1) said 後的逗點（comma）要去掉。
(2) said to me 須改爲 told me。
(3) 引號（quotation mark）須去掉。
(4) 引句中動詞是現在式須改爲過去式。
(5) 代名詞人稱須照說話者的口氣予以適當改變。

② 引句中動詞是過去式的場合

【例】
John said, "I saw that movie."
（約翰說：「我看過那部電影。」）
John said that ***he had seen*** that movie.
（約翰說他看過那部電影。）

【註】變法和上面的①相同，只是把引號中的過去式改爲過去完成式。

③ **凡表示時間和場所副詞須照下表予以適當變更**

here — there　　this — that
these — those　　now — then
today — that day　　tomorrow — next day
tonight — that night
yesterday — on the previous day (*or* the day before)
last evening — on the previous evening
next week — in the following week

【例】
I said, "I am ready ***now***."
（我說：「我現在準備好了。」）
I said that I was ready ***then***.
（我說我那時已經準備好了。）

【例】
I said, "I shall return ***tomorrow***."
（我說：「我明天將要回來。」）
I said that I should return ***the next day***.
（我說我將於隔天回來。）

【例】
I said to him, "I wrote ***this*** letter ***here yesterday***."
（我對他說：「我昨天在這裡寫這封信。」）
I told him that I had written ***that*** letter ***there on the previous day*** (*or* ***the day before***).
（我告訴他我前一天在那邊寫那封信。）

④ **疑問句變法**

(a) 有疑問詞場合

【例】
I said to him, "How old are you?"
（我對他說：「你幾歲了？」）
I asked him how old ***he was***.
（我問他幾歲。）

【例】
I said to him, "What do you want?"
（我對他說：「你要什麼？」）
I asked him what ***he wanted***.（我問他要什麼。）

【註】(1) 疑問詞如 how, what, when, who…須保留。
(2) said to him 改爲 asked him。
(3) 其它變法一切照常。

(b) 無疑問詞的情況

【例】
I said to him, "Are you ready now?"
（我對他說：「你現在準備好了嗎？」）
I asked him ***if***〔***whether***〕***he was*** ready then.
（我問他那時是否準備好了。）

【例】
He said to me, "Do you intend to join the party tomorrow?"
（他對我說：「你打算參加明天的宴會嗎？」）
He asked me ***whether I intended*** to join the party ***the next day***.（他問我是否打算參加隔天的宴會。）

【註】(1) 加 if 或 whether 來連接兩個子句。
(2) 其它變法一切照常。

⑤ 祈使句變法

【例】
I said to him, "Do this work at once."
（我對他說：「趕快做這工作。」）
I told him ***to do*** that work at once.
（我告訴他趕快做那工作。）

【例】
I said to him, "Please show me the way."
（我對他說：「請你指示我路怎麼走。」）
I asked him ***to show*** me the way.
（我請他告訴我路怎麼走。）

【註】(1) 用不定詞代替引號中的句子。
(2) 另按照說話者口氣，把 said 變成 tell, ask, request, order, bid, command。

⑥ 感歎句變法

【例】
He said to me, "How happy I am to see you!"
（他對我說：「能看到你我是多麼地快樂！」）
He ***exclaimed with delight*** that ***he was*** very happy to see ***me***.（他很高興的喊著說，他能看到我非常快樂。）

【註】(1) 用 exclaim, shout, cry out 來代替 said。
(2) 感歎號去掉。
(3) 其它一切照常。

練習 33

(A) 把直接敘述變間接敘述：

1. He said, "I am very tired."
____
2. You said, "I can go no further."
____
3. He said, "I have lost my watch."
____
4. He said, "I will leave here tomorrow."
____
5. He said to me, "When did you do it?"
____
6. He said to me, "Do you feel better?"
____
7. I said to him, "Walk more slowly."
____
8. She said to me, "Where does John live?"
____

9. He said to me, "Is it raining?"

____

10. I said to him, "Be more careful."

____

(B) 把間接敘述變直接敘述：

1. He asked me where I lived.

____

2. He asked her whether she liked New York.

____

3. She said he was out of town.

____

4. She said her name was Mary.

____

5. She said she had lost her watch.

____

6. He told me his father had returned the previous day.

____

7. He told me not to wait for him.

____

8. He told me he would be back in the following week.

____

9. He asked whether I had mailed the letter.

____

10. He told her to leave at once.

____

第 16 章 介系詞

Preposition

92 介系詞後接受詞

介系詞是放在名詞或代名詞前面，來組成形容詞或副詞片語。依照文法，它後面的名詞或代名詞就叫受詞（Object）。

① 以名詞或代名詞做受詞

【例】 She walked ***about*** the ***street***.〔名詞〕
（她在街上走來走去。）
A dog ran ***after him***.（一隻狗追著他。）〔代名詞〕

② 動名詞做受詞

【例】 He is fond ***of seeing*** me off.（他喜歡替我送行。）
【註】 動名詞 seeing 是介系詞 of 的受詞。

【例】 I was blamed ***for being*** lazy.（我因爲懶惰而受責備。）
【註】 動名詞 being 是介系詞 for 的受詞。

③ 不定詞做受詞

【例】 They desire nothing ***but to make*** money.
（他們只渴望賺錢。）
【註】 不定詞 to make 是介系詞 but 的受詞。

【例】 He is ***about to start*** on a tour.
（他正準備要出發去旅行。）
【註】 不定詞 to start 是介系詞 about 的受詞。

④ 名詞片語做受詞

【例】 He was conscious ***of what to do***.
（他知道該做什麼。）
【註】 what to do 是介系詞 of 的受詞。

⑤ 名詞子句做受詞

【例】 He is thankful ***for what I have done for him***.

（他感謝我替他所做的事。）

【註】 名詞子句 what I have done for him 是介系詞 for 的受詞。

【例】 His success or failure depends ***on whether he works hard or not***.

（他的成敗要看他工作是否努力。）

【註】 名詞子句 whether he works hard or not 是介系詞 on 的受詞。

93 介系詞與關係代名詞

介系詞在正式英語中是放在關係代名詞的前面，但在一般會話中卻放在後面。所以我們在日常寫作中，介系詞放在前面或後面都可以。

【例】 The man ***to whom*** I spoke is Tom.
= The man (***whom***) I spoke ***to*** is Tom.
（我說話的對象是湯姆。）

【註】 如果介系詞放在後面，關係代名詞可以省略。

【例】 The house ***in which*** I live is new.
= The house (***which***) I live ***in*** is new.
（我住的房子是新的。）

同樣地，介系詞也可以放在疑問代名詞的前面或後面。

【例】 ***To whom*** were you speaking?
= ***Who***〔Whom〕were you speaking ***to***?
（你在跟誰說話？）

【注意】 現在英語如果介系詞放在後面，whom 可以用 who 代替。

【例】 ***With what*** did you open the door?
= ***What*** did you open the door ***with***?
（你用什麼開門？）

94 介系詞片語的用法

① 做形容詞用

【例】
He is a man ***of learning***.（他是一個有學問的人。）
The house ***on the hill*** is my uncle's.
（那山丘上的房子是我叔叔的。）
The students ***of our school*** study hard.
（我們學校的學生用功讀書。）

② 做副詞用

【例】
He arrived ***after ten o'clock***.（他十點後到達。）
We walked ***along the street***.（我們走在街上。）
We work ***by day*** and rest ***by night***.
（我們日出而作，日落而息。）

95 介系詞、副詞與連接詞的區別

有些副詞與連接詞和介系詞是同一個字，乍看之下不易區別，其實它們的功用完全不同。

(a) 介系詞後面接名詞或代名詞做為它的受詞。
(b) 副詞只是修飾動詞，所以後面沒有受詞。
(c) 連接詞是用來連接兩個子句。

【例】
I have never seen him ***since***.〔副詞〕
（我從那時起從未看見過他。）
He has been sick ***since*** 1983.〔介系詞〕
（他自從一九八三年就病倒了。）
It is ten years ***since*** I came here.〔連接詞〕
（自從我來這裡已經十年了。）

【例】
I have never seen him ***before***.〔副詞〕
（我以前從沒有看見過他。）
I returned ***before*** ten o'clock.〔介系詞〕
（我十點以前就回來了。）
Look ***before*** you leap.（三思而後行。）〔連接詞〕

【例】
I shall follow ***after***.（我隨後就來。）〔副詞〕
He took a walk ***after*** dinner.〔介系詞〕
（他晚餐後散步。）
I returned ***after*** I had seen her.〔連接詞〕
（我看見她之後就回來了。）

96 介系詞用法的分類

① 場所介系詞
② 時間介系詞
③ 材料介系詞
④ 工具介系詞
⑤ 理由介系詞
⑥ 目的介系詞
⑦ 結果介系詞
⑧ 比較介系詞
⑨ 所有權介系詞
⑩ 其他介系詞

97 表場所的介系詞

① at

(a) 用於小地方。

【例】
He is ***at*** the store.（他在那家店裡。）
He studies ***at*** the high school.（他在中學讀書。）

【例】
He stays ***at*** the hotel.（他住在飯店裡。）
I met him ***at*** the barber's.
（我在理髮廳裡遇見他。）
I sat near him ***at*** the theater.
（我在戲院裡坐在他附近。）

【類似】 ***at*** college, ***at*** the university（大學裡）, ***at*** the market, ***at*** the office（辦公室裡）, ***at*** the hospital（醫院裡）。

【特例】 He is ***at home***.（他在家。）

【註】 home 前不加冠詞，而且不得用 in。

(b) 表「正在」，大致用於上條 (a) 項的名詞前，但不加冠詞。

【例】 He is ***at***
- church.（正在做禮拜）
- school.（正在上課）
- market.（正在購物）
- dinner.（正在吃飯）
- table.（正在吃飯）
- work.（正在工作）

(c) 表「在旁邊」。

【例】
He is sitting ***at*** the desk.
（他坐在書桌旁。）
He is standing ***at*** the door.
（他站在門口。）

(d) 街道用 on〔in〕，門牌用 at。

【例】
He lives ***on*** Shanghai Street.
（他住在上海街。）
He live ***at*** 25 Shanghai Street.
（他住在上海街二十五號。）

② in

(a) in 表「在裡面」。

【例】
Tom is sitting ***in*** the chair ***in*** the room.
（湯姆坐在房間裡的椅子上。）
The book is ***in*** the drawer.（那本書在抽屜內。）

(b) in 用於大地方，at 用於小地方。

【例】
I'll meet you ***at*** the library.
（我將在圖書館內和你會面。）
They own a house ***in*** the U.S.
（他們在美國有一棟房子。）
We arrived ***at*** Taipei Station.
（我們到達台北車站。）
We arrived ***in*** Taipei.
（我們到達台北。）

【註】 arrive at 後大致用於 station, hotel, hospital, small village 等小地方，arrive in 用於 country, capital, great city, town 等大地方。

【例】 He is ***at*** Paris ***in*** France now.
（他現在在法國巴黎。）
【註】 巴黎雖然是首都，但是和法國比較仍是小地方，所以用 at。

③

on, beneath,
above, below,
over, under,
up, down

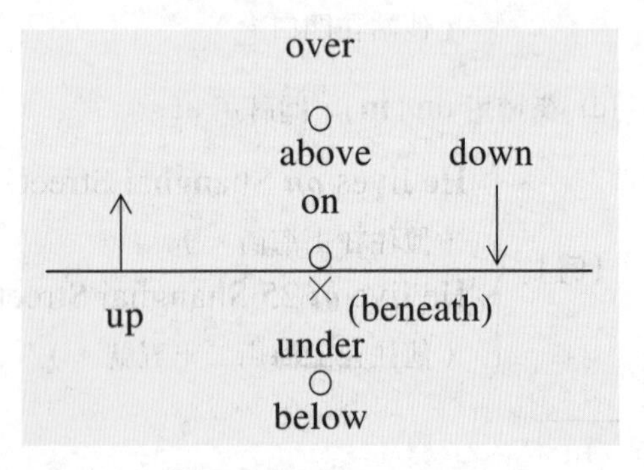

(a) on（在上，指表面接觸）— beneath（在下，指表面接觸）

【例】
Put a stamp ***on*** the envelope.
（貼一張郵票在信封上。）
Hang the picture ***on*** the wall.（把畫掛在牆上。）

【例】
He took it from ***beneath*** his coat.
（他把它從外套下拿出來。）
She is buried ***beneath*** the stone.
（她被埋在石頭下面。）

【註】upon 與 on 通用。

(b) above（在上）— below（在下）

【例】
This city is ***above*** sea level.
（這城市位在海平面以上。）
His name is ***above*** mine on the list.
（在名單上，他的名字在我的名字上面。）
This land is ***below*** sea level.
（這陸地位在海平面以下。）
Your grade is ***below*** average.
（你的分數在平均以下。）

(c) over（在上，指正中央）— under（在下，指正中央）

【例】
Our apartment is directly ***over*** yours.
（我們的公寓就在你的公寓上面。）
A plane flew ***over*** our house at noon.
（中午的時候，有一架飛機飛過我們的房子。）
The box is ***under*** the table.
（箱子在桌子下面。）
He stood ***under*** a tree.（他站在樹下。）

(d) up（在上）— down（在下）

【例】
He climbed ***up*** the tree.（他爬上樹。）
We run ***up*** a hill.（我們跑上山。）
They cut ***down*** the tree.（他們把樹砍下。）
He ran ***down*** the hill.（他跑下山。）

④ **to（去）— from（來）**

【例】
- She went ***to*** the store.（她去那家店。）
- He came ***from*** Taipei.（他從台北來。）
- He ran ***from*** here ***to*** there.（他從這裡跑到那裡。）

⑤ **by（近，旁）— beside（旁）— near（近）— against（靠著）**

【例】
- He was sitting ***by*** me.（他坐在我的旁邊。）
- The napkin is placed ***beside*** the plate.（餐巾放在盤子的旁邊。）
- They are standing ***near*** the window.（他們站在窗戶附近。）
- Don't lean ***against*** the stove.（不要靠在火爐上。）

⑥ **across（橫過）— through（穿過）— around（環繞）**

【例】
- They sailed ***across*** the river.（他們航過這條河。）
- They live ***across*** the street.（他們住在這條街對面。）

【註】across 也可以表「對面」。

【例】
- I took a walk ***through*** the park.（我散步穿過那公園。）
- We could not get ***through*** the crowd.（我們無法穿過人群。）
- Let's make a trip ***around*** the world.（讓我們來一趟環球之旅。）
- The earth moves ***around*** the sun.（地球繞太陽運行。）

⑦ **for**

用在 leave, start, depart 後，表「去」。

【比較】
- He will ***go to*** America.（他將要去美國。）
- = He will ***leave*** 〔***start***〕 ***for*** America.

⑧ between（兩者之間）— among（三者以上之間）

【例】
She is sitting ***between*** Tom and Henry.
（她坐在湯姆和亨利兩人之間。）
I divided the apples ***among*** the three boys.
（我把蘋果分給三個男孩。）

⑨ inside（在內）— outside（在外）

【例】
Don't keep the dog ***inside*** the room.
（不要把狗留在房內。）
They are playing ***outside*** the house.
（他們在屋外玩。）

⑩ after（在後）— behind（在後）— before（在前）

【例】
Put a question mark ***after*** each question.
（在每一個問句後面寫一個問號。）
The chair is ***behind*** the desk.
（椅子在書桌後面。）
He stood ***before*** me.
（他站在我前面。）

【註】behind 和 before 相對。

⑪ into（進去）— toward（向）

【比較】
I walked ***into*** the room.
（我走進房間。）
I was ***in*** the room.
（我在房間內。）

【註】in 表示在內，into 表示進入的動作。

【例】He ran toward(s) the house.
（他向屋子跑去）。

【註】towards 與 toward 通用。

98 表時間的介系詞

① at

(a) at 用於短時間，如：正午（noon）、黎明（dawn）、天亮（daybreak）、日出（sunrise）、午夜（midnight）以及分（minute）、點鐘（o'clock）。

【例】
I get up ***at*** six o'clock.（我六點起床。）
The game will start ***at*** 2:30 p.m.
（比賽下午兩點半開始。）
This café opens ***at*** noon and closes ***at*** midnight.
（這家咖啡館中午開始營業，午夜打烊。）

(b) 用於月初，月中，月尾。

【例】He is busy ***at*** { the beginning（初）/ the middle（中）/ the end（尾）} of the month.
（他忙碌）

【註】middle 前也可用 in。

② in

(a) 用於較長的時間。

年份：I was born ***in*** 1980.（我生於 1980 年。）
四季：Flowers bloom ***in*** spring.（花在春天開。）
月份：It is hot ***in*** July.（七月天氣很熱。）
世紀：We live ***in*** the twenty-first century.
（我們生活在二十一世紀。）
時代：We live ***in*** an atomic age.（我們生活在原子時代。）

【比較】She married ***at*** the age of twenty.（她二十歲結婚。）
【註】age 表「時代」用 in，表「年齡」用 at。

早晨：He goes to work early ***in*** the morning.
（他早晨很早就去工作。）

午後：He takes a nap ***in*** the afternoon.
（他午後會小睡片刻。）

傍晚：He is usually free ***in*** the evening.
（他傍晚通常是空閒的。）

夜晚：He goes to bed early ***in*** the night.
（他晚上早睡。）

【比較】 He is always busy ***at*** night.（他晚上總是很忙。）

【註】 night 前加定冠詞用 in，不加則用 at。

將來： He will become famous ***in the future***.
（他將來會成名。）

過去： He studied hard ***in the past***.
（他過去用功讀書。）

【比較】 He is busy ***at present***.（他現在很忙。）

(b) 表「再過～；在～內」

【例】
He will come ***in*** a few days' time.
（他過幾天要來。）
He will leave ***at*** any time.
（他隨時會離開。）

【註】 any time, another time 要用 at。

【例】
The train will arrive ***in*** an hour.
（火車一小時後就會到達。）
I must leave ***in*** a few minutes.
（我再過幾分鐘就必須離開。）
I will finish it ***within*** three hours.
（我在三小時內要完成它。）

【註】 within 也表「在～之內」，不過是表示一定的時間內，意思較 in 嚴格，其實，兩者常通用。

③ on

(a) 用於特定日子前面。

【例】
They left for Europe ***on*** May 23, 2000.
（他們於西元二千年五月二十三日去歐洲。）
The store opened ***on*** Saturday.
（那家店於星期六開幕。）
On July 10th they went to Taipei.
（他們於七月十日去台北。）

【特別注意】第一例句之May，第三例句之July雖都為月份，初學者很容易弄錯而用in，但其實它們後面都有日子，所以須用on。

(b) 用於特殊的早晨，午後，傍晚和夜晚。

【比較】
I get up early ***in*** the morning.〔一般〕
（我早晨很早起床。）
He left ***on*** Sunday morning.〔特殊〕
（他於星期日早晨離開了。）

【比較】
We stay at home ***in*** the evening.〔一般〕
（我們傍晚待在家中。）
He returned ***on*** an autumn evening.〔特殊〕
（他在一個秋天的傍晚回來了。）
We had a good time ***on*** Christmas Eve.〔特殊〕
（我們聖誕夜過得很愉快。）

④ for — during — since

(a) for 表示持續多久時間。

【例】
They have studied English ***for*** three years.
（他們學英文學三年了。）
They will stay here ***for*** three weeks.
（他們在這裡要待三個星期。）

(b) during 表「在～期間」。

【例】 We saw them often ***during*** summer.
（我們在夏天常看見他們。）
The boys played ***during*** the afternoon.
（那些男孩在下午遊玩。）

(c) since 表「自從」。

【例】 We have been here ***since*** 1995.
（我們自從 1995 年就在這裡。）
I have been busy ***since*** two o'clock.
（我自從兩點鐘就很忙。）

【註】 for 和 since 前的動詞大多用現在完成式。

⑤ after — before — until

(a) after 表「以後」。

【例】 Call me again ***after*** ten o'clock.
（十點鐘以後再打電話給我。）

(b) before 表「以前」。

【例】 He always gets home ***before*** 6 o'clock.
（他總是在六點前到家。）

(c) until〔till〕表「直到」。

【例】 Why don't you stay ***until*** 〔***till***〕 Sunday?
（為什麼你不待到星期日？）
I'll be here ***until*** 〔***till***〕 5 o'clock.
（我會在這裡待到五點鐘。）

⑥ by — around — about

(a) by 表「不晚於；在～之前」。

【例】 Please arrive { ***at*** / ***by*** } 10 o'clock.

【註】 at 表示十點正到達，by 表示不晚於十點。

(b) around，about 表「差不多；左右」。

【例】
- I'll pick you up ***around*** 7 o'clock.
  （我七點左右來接你。）
- It is now ***about*** 5 o'clock.
  （現在差不多五點鐘了。）

⑦ from…to〔till〕

【例】
- He works ***from*** 8:00 ***to*** 5:00.
  （他工作由八點做到五點。）
- He works ***from*** morning ***till*** night.
  （他工作從早到晚。）

⑧ past — to

(a) past 表「過去」。

【例】It is ***past*** two o'clock〔half ***past*** two o'clock, five minutes ***past*** two, a quarter ***past*** two〕.
（現在已經過兩點〔兩點半，兩點五分，兩點一刻〕。）

(b) to 表「差」。

【例】
- It is ten minutes ***to*** six.（現在差十分六點。）
- It is a quarter ***to*** nine.（現在差一刻九點。）

【註】凡表示時刻，三十分或不到三十分用 past，過了三十分就須用 to。

特別注意

場所和時間介系詞在某些場合須省略不用。

(a) 副詞前不得用介系詞。

【誤】He came *to* here.
【正】He came ***here***.（他到這裡。）

【誤】He played *in outdoors*.
【正】He played ***outdoors***.（他在戶外玩。）

【誤】He is sick *on today*.
【正】He is sick ***today***.（他今天生病了。）

(b) 凡是以 this，that，next，last，every 開頭的年、月、日、星期、早晨、午後、晚上都不加介系詞。

【例】
He left for Hong Kong ***this morning***.
（他今天早上去香港了。）
He will go abroad ***this year***.
（他今年將出國。）

【例】
He will graduate ***next Sunday***.
（他下星期日要畢業了。）
I intend to invite him ***on Sunday next***.
（我打算下星期日邀請他。）

【註】如果 next 放在時間後就要加介系詞。

【比較】
He lost his watch ***last Monday***.
（他上星期一把錶弄丟了。）
He was sick ***on Monday last***.
（他上星期一生病了。）

【註】last 放在時間後，就要加介系詞。

【例】He is busy ***every night***.（他每天晚上都很忙。）

(c) 其他場合省略。

【例】
I met him ***one day*** here.（我某日在這裡遇見他。）
He does nothing ***all day***.
（他整天什麼事也不做。）
It rained ***all the time***.（一直在下雨。）
He will do that ***another time***.
（他會另外找時間做那件事。）

練習 34

(A) 填入適當介系詞（不須填者打×）：

1. The box was placed __________ the bench.
2. Tom was not __________ home.
3. He jumped __________ the water.
4. The money will be divided（分） __________ the four sons.
5. I met him __________ the MRT station（捷運站）.
6. The boat race will be held __________ Sunday.
7. I will leave __________ the end of the month.
8. He will do it __________ any time.
9. He was born __________ five o'clock __________ July 10th __________ 1980.
10. __________ Sundays we do not work.
11. He came here __________ last Saturday.
12. He left here __________ Sunday morning.
13. The moon rose __________ twelve o'clock __________ the night.
14. He takes a walk along the street __________ night.
15. He was busy __________ Saturday night.
16. The train passed __________ the tunnel（山洞）.
17. He teaches English __________ college.
18. He has finished it __________ two o'clock.
19. He got up __________ two o'clock __________ this morning.
20. He has studied French __________ two hours.
21. We often go to the beach __________ summer.
22. He arrived __________ the station.
23. He was born __________ New York.
24. Tom studies __________ a junior high school.

25. She stays __________ a hotel.
26. He was graduated ________ December 27 ________ 2000.
27. They are __________ dinner.
28. Tom is __________ church.
29. I met her __________ the market.
30. He died __________ the morning of July 10.
31. Father returned __________ New Year's Eve.
32. He works hard __________ morning __________ night.
33. He gets up late __________ the morning.
34. He is seldom __________ home.
35. He is ill __________ present.
36. He was a bad man __________ the past.
37. I visited him __________ the afternoon of his birthday.
38. His birthday falls __________ July 10th __________ 1980.
39. I have become a teacher __________ 2000.
40. He has lived here __________ ten years.

(B) 翻譯：

1. 現在三點過一刻。
2. 現在差十分五點。
3. 自從上星期日以來我一直很忙。
4. 他來這裡三年了。
5. 他早晨喜歡散步（take a walk）。
6. 他星期日早晨回家了。
7. 他出生於（was born）1990年五月十八日。
8. 他在大學念書（college）。
9. 我在旅館裡待了（stay）三天。
10. 他不在家。
11. 他上星期一做完他的家庭作業了。

12. 你無論什麼時候都可以去看他。
13. 他月初去美國觀光 (go sightseeing)。
14. 他每天晚上去看電影。
15. 我星期六晚上在家休息 (take a rest)。
16. 他自從 1992 年起就學日文 (Japanese)。
17. 他過去很有名 (famous)。
18. 他目前 (at present) 失業了 (out of work)。
19. 他下星期一動身去美國。
20. 他這星期要去台北旅行 (take a trip)。

99 表材料的介系詞

from — of

這兩個介系詞用在 made，built 後，來表示所使用的材料。凡是東西做好後，材料無變化就用 of，起了變化就用 from。

【例】 The table is ***made of*** wood. (那桌子是用木材做的。)
　【註】 材料無變化，桌子仍然是木材。

【例】 The house is ***built of*** stone. (那房子是用石頭蓋的。)
　【註】 材料無變化，房子仍然是石材。

【例】 Wine is ***made from*** rice. (酒是米做的。)
　【註】 材料起了變化，在酒中看不到米。

【例】 Paper is ***made from*** rag. (紙是破布做的。)
　【註】 材料起了變化，紙中看不到破布。

【注意】 of 常和 compose，consist，make up 連用，表「組成；包含」。

【例】
Man ***consists of*** body and soul.
(人是由肉體和靈魂組成的。)
Water ***is composed of*** hydrogen and oxygen.
(水是由氫和氧組成的。)

100 表工具的介系詞

① by

(a) 用於被動語態，表「被」。

【例】
He was laughed at ***by*** us.（他被我們取笑。）
He was punished ***by*** his teacher.（他被老師處罰。）

(b) by + 交通工具 = 搭乘～

【例】 He went to Taipei ***by*** train and returned ***by*** bus.
（他搭火車去台北，搭巴士回來。）

【類例】 ***by*** plane（搭飛機）, ***by*** steamer（搭輪船）, ***by*** ship（搭船）, ***by*** sea（由海路）, ***by*** land（由陸路）, ***by*** air（搭飛機）

【注意】 (1) by 後之交通工具都不加冠詞。
(2) foot，bicycle 前用 on，不用 by。

【例】
I went there ***on*** foot.（我步行去那裡。）
I go to school ***on*** a bicycle.
（我騎腳踏車上學。）

(c) by + 通訊工具 = 用～

【例】 He told me the news ***by*** telephone instead of ***by*** telegram.（他用電話告訴我那消息，而不是用電報。）

【類例】 ***by*** mail（用信）, ***by*** ordinary mail（用平信）, ***by*** airmail（用航空郵件）

(d) 表「用」

【例】
The goods are made ***by*** machinery.
（那貨物是用機器做的。）
The house is lit ***by*** electricity.
（那房子用電照明。）

【註】 by 之後的名詞不加冠詞。

(e) by + the + 度量衡，時間 = 按～計算

【例】
Meat is sold ***by the pound***.（賣肉按磅計算。）
The rent is paid ***by the month***.（租金按月繳付。）
I teach ***by the hour***.（我教書按鐘點計算。）

② with

(a) 用在工具前，表「用」。

【例】
I cut the meat ***with*** a knife.（我用刀切肉。）
They killed Tom ***with*** a sword.
（他們用劍殺死湯姆。）

(b) 與 in 用法不同。

【例】 Write your composition ***with*** a pen, not ***in*** red ink.
（寫作文要用鋼筆，但不要用紅墨水。）

【注意】 用 with 後面的名詞要加冠詞，用 in 不加冠詞。

101 表理由的介系詞

① for

(a) 通常和 famous，noted，distinguished，well-known 連用，表「著名」。

【例】
Japan is ***famous for*** its cherry blossoms.
（日本以櫻花著名。）
Tom is ***well-known for*** his learning.
（湯姆以學識著名。）

(b) 表「因爲」。

【例】
He was absent ***for*** many reasons.
（他因爲許多原因而沒有出席。）
He was punished ***for*** stealing.
（他因爲偷竊受處罰。）

【例】
He was blamed ***for*** being lazy.
（他因為懶惰而受責備。）
He was rewarded ***for*** saving the girl's life.
（他因為救那女孩一命而得到獎賞。）

② from

表示原因，表「由於；因為」。

【例】
I am still weak ***from*** illness.
（我因為生病，所以還很虛弱。）
He is suffering ***from*** a headache.
（他由於頭痛而痛苦〔他患頭痛〕。）

③ of

普通用在 die 後來表示死亡的原因，如果不是病死、餓死、老死，而是死於外傷、工作過度或其他原因者，須用 from。

【比較】
Tom died ***of*** cancer.
（湯姆死於癌症。）
Henry died ***from*** a blow.
（亨利被人打死。）

④ through

【例】
He has made a mistake ***through*** carelessness.
（他因為疏忽而犯錯。）
All this was done ***through*** envy.
（一切都是因為嫉妒而做的。）
Through his not knowing the way, we got lost.
（因為他不認識路，我們迷路了。）

【注意】through 在上句中可用 because of 代替。

⑤ at

通常用於 surprise，wonder，amaze，disappoint，astonish，delight，please 等的過去分詞後面，來表示驚奇或喜悅的原因。

【例】
He was ***surprised at*** the news.
（他因爲那消息而感到驚訝。）
I am ***astonished at*** his failure.
（我因爲他的失敗而感到驚訝。）
He was ***delighted at*** seeing me.
（他因爲看見我而感到高興。）
He was ***pleased at*** hearing of your recovery.
（他因爲聽到你的康復而高興。）

【注意】 上面例句中動詞都用被動語態，表示主動意義。

⑥ with

通常用於肉體上所受苦樂的理由。

【例】
He trembled ***with*** cold.（他因爲寒冷而發抖。）
She was dying ***with*** hunger.（她因爲飢餓而快死了。）

102 表目的的介系詞

① for

表「爲了」。

【例】
He works hard ***for*** his living.
（他爲了謀生而努力工作。）
We'll go ***for*** a walk〔swim, ride〕.
（我們將要去散步〔游泳，騎馬〕。）
He learns English ***for*** the purpose of going abroad.
（他爲了出國而學英文。）

【類例】 ***for*** convenience(') sake（爲了方便起見），***for*** the sake of mercy（爲了人道的緣故）

② after

【例】
The dog ran ***after*** a rabbit.（狗追兔子。）
Man runs ***after*** fame and money.（人追求名利。）
I don't know what he is ***after***.
（我不知道他在追求什麼。）

103 表結果的介系詞

① to

(a) 表「使」。

【例】
To my great surprise, he has failed.
（他失敗了，使我大為驚訝。）
Much ***to*** my regret, he failed to come.
（他未能前來，使我非常遺憾。）

【類例】 ***to*** my disappointment（使我失望），***to*** my astonishment（使我驚訝），***to*** my great joy（使我非常高興）

(b) 表「成為」。

【例】
Five persons were burnt ***to*** death.（五個人被燒死了。）
The house was burnt ***to*** the ground.（那房子燒成平地。）

【類例】 be starved ***to*** death（餓死），be dashed ***to*** pieces（撞成粉碎），be moved ***to*** tears（感動得落淚）

② into

通常和 change，turn 連用，表「變成」。

【例】
When water is heated, it ***turns into*** steam.
（當水被加熱的時候，就變成蒸氣了。）
The fairy ***changed*** the princess ***into*** a cat.
（仙女把公主變成一隻貓。）
Please ***translate*** this sentence ***into*** English.
（請把這句子譯成英文。）

104 表比較的介系詞

① with

通常和 compare 連用，表「比較」。

【比較】
Your knowledge is not to be ***compared with*** his.
（你的知識不能和他的比較。）
Life is often ***compared to*** a dream.
（人生常被比喻成是一場夢。）

【註】 compare to 表「與～比較；比喻成」。

② to

(a) 普通用於 superior，inferior，senior，junior，prefer，equal 後面，來做比較。

【例】
Your learning is ***superior to*** mine.
（你的學問優於我的。）
The goods are ***inferior to*** the sample.
（貨物比樣品差。）
He is ***junior to*** me by two years.
（他比我小兩歲。）
He ***prefers*** tea ***to*** coffee.
（他比較喜歡茶，而不喜歡咖啡。）

【特別注意】 上面這六個字後面，絶對不可用 than。

(b) 表「比」。

【例】 Three is ***to*** four what six is ***to*** eight.
（三比四猶如六比八。）

③ against

表「對比」。

【例】 Tom was elected chairman by a majority of thirty votes ***against*** five.
（湯姆以三十票對五票之多數，被選爲主席。）

105 表所有權的介系詞

① of

凡是有生命的東西表示所有權用 's，無生命的用 of，表「的」。

【例】
The cover ***of*** the book is red.
（那本書的封面是紅的。）
The people ***of*** a country should obey the law.
（一個國家的人民應該遵守法律。）

但是有生命的東西照樣也可以用 of 來表示所有權。

【例】
My father's anger is great.
= The anger ***of*** my father is great.
（我父親生很大的氣。）

② to

有幾個字，如 exception，key 等，須用 to 來表示所有權，表「的」。

【例】
This is an ***exception to*** the rule.
（這是那規則的例外。）
The ***key to*** the exercise is here.
（習題的解答在這裡。）
She is wife〔secretary〕***to*** Tom.
（她是湯姆的妻子〔祕書〕。）

③ for

for 也用來表示所有權，表「的」。

【例】 The lesson ***for*** today is difficult.
（今天的課程很難。）

106 其他的介系詞

① above

(a) 表「優於；重於」。

【例】 Health is ***above*** wealth.（健康重於財富。）

(b) 表「超越；非…所能及」。

【例】 He is ***above*** reproach（責備）.（他是無可責難的。）

(c) 表「不屑於」。

【例】 He is ***above*** telling a lie.（他不屑於說謊。）

② after

(a) 表「模仿」。

【例】 He was named ***after*** his uncle.
（他是以他叔叔之名爲名。）

(b) 表「雖然」。

【例】 ***After*** all his efforts, he failed.
（他雖然努力，但是失敗了。）

③ against

(a) 表「防備」。

【例】 You should save money ***against*** a rainy day.
（你應該存錢以備不時之需。）

(b) 表「反對」，與 for 相對。

【例】 Are you ***for*** it or ***against*** it?
（你是贊成它還是反對它？）

④ as

表「充當；擔任」。

【例】 He will act〔serve〕***as*** a teacher.（他將擔任老師。）

⑤ behind

behind time 表「誤點；晚到」。

【例】The train was ten minutes ***behind time***.
（列車誤點十分鐘。）
I'm sorry I was a little ***behind time***.
（我抱歉我稍微晚到一點。）

【註】behind the times 表「落伍」。

【例】His thinking is behind the times.
（他的想法落伍了。）

⑥ by

(a) 表「差距」。

【例】He is younger than I ***by*** three years.（他比我小三歲。）

(b) 和 seize，take 連用，表「抓住」。

【例】The police seized the thief ***by the collar***.
（警察抓住小偷的衣領。）
She took the young prince ***by the hand***.
（她抓住年輕王子的手。）
I seized her ***by the sleeve***.（我抓住她的袖子。）

⑦ for

(a) 表「就～而論」。

【例】He looks young ***for*** his age.（就年齡而論，他顯得年輕。）

(b) 表「雖然；儘管」。

【例】***For*** all his great wealth, he is not contented.
（他雖然有龐大的財產，但仍不滿足。）

(c) 表「交換」。

【例】He sold his house ***for*** two million dollars.
（他房子賣了兩百萬元。）

⑧ from

和 know, tell, distinguish 連用，表「區別」。

【例】 He can hardly ***know***〔***tell***〕good ***from*** bad.
（他幾乎無法辨別善惡。）

⑨ in

(a) 表「穿」，也用於 clothe 和 dress 後面。

【例】
The girl ***in*** red is Mary.
（穿紅衣服的女孩是瑪麗。）
The girl is ***clothed*** (***dressed***) ***in*** red.
（那女孩穿紅衣服。）

(b) 表「用」。

【例】
We talk ***in*** English.（我們用英文說話。）
He spoke ***in*** a low voice.（他低聲說話。）

(c) 表「處在～中」。

【例】 He is ***in*** difficulty〔***in*** danger〕.
（他處在困難中〔危險中〕。）

⑩ like

(a) 用在 be 動詞後，表「像」，不可與動詞 like（喜歡）混淆。

【比較】
He ***is like*** his father.（他像他父親。）〔介系詞〕
He ***likes*** his father.（他喜歡他父親。）〔動詞〕

(b) 不可與連接詞 as 混淆。

【誤】 You look *as* your brother.
【正】 You look ***like*** your brother.（你外表像你弟弟。）

【誤】 He will do it *like* I told him.
【正】 He will do it ***as*** I told him.（他會照我的吩咐去做。）

【注意】 like是介系詞，後面接名詞；as是連接詞，後面接子句。

⑪ on

(a) 表「討論；關於」。

【例】 He will make a speech ***on*** the subject of the labor problem.（他將發表演說，討論有關勞工的問題。）

(b) 用在旅行 trip，tour，journey 前面。

【例】
He will go ***on a tour*** around the world.
（他將去環遊世界。）
He will ***start for*** Taipei soon.
（他不久後將動身去台北。）

【注意】 start for 後接目的地。

(c) 用在 depend，rely，count 後面，表「依靠；依賴」。

【例】
Don't ***depend*** (***rely***) ***on*** others.
（不要依賴別人。）
Your success ***depends on*** your efforts.
（你的成功端賴你的努力。）

⑫ under

表「正在～中」。

【例】
The house is ***under*** repair.
（那房子正在修理中。）
The bridge is ***under*** construction.
（那橋樑正在建築中。）

⑬ with

(a) 表「帶；有」。

【例】
He had no money ***with*** him.
（他沒帶錢。）
The man ***with*** gray hair is Tom.

（頭髮灰白的人是湯姆。）

(b) 表「雖然；儘管」。

【例】 ***With*** all his faults, I still love him.
（他雖然有許多缺點，我仍然愛他。）

107 片語介系詞

具有介系詞用法的片語，叫做「片語介系詞」，或稱「介系詞的片語」。

【類例】 on account of（因為）, because of（因為）, due to（因為）, owing to（由於）, in front of（在～前面）, according to（根據）, in spite of（儘管）, for the purpose of（為了）, with a view to（為了）, by way of（經由）, instead of（而不是）, with regard to（關於）, with respect to（關於）, with reference to（關於）, by means of（藉由）, etc.

練習 35

(A) 填入適當介系詞：

1. The box is made ________ iron.
2. The wine is made ________ grapes.
3. He died ________ tuberculosis（肺結核）.
4. He died ________ a wound（傷）.
5. I went to Tainan ________ bus and returned ________ train.
6. He informed（通知）me of the news ________ letter,

not ________ telephone.

7. The goods are made ________ hand.
8. Sugar is sold ________ the pound.
9. I took him ________ the hand.
10. The letter was written ________ a pencil.
11. The essay（作文）was written ________ pencil.
12. He was killed ________ a thief ________ a sword.
13. He looks ________ his mother.
14. The house is ________ repair.
15. Don't depend ________ your father.
16. I will go ________ a tour around the island.
17. The boy ________ black is Tom.
18. He is superior ________ me in knowledge.
19. He is senior ________ me ________ five years.
20. He will act ________ chairman of the committee（委員會）.
21. There is an exception ________ this rule.
22. ________ all his learning, he is not wise（明智的）.
23. They were dressed ________ their best.
24. The train was an hour ________ time.
25. The key ________ the room was lost.
26. ________ my great joy, he has succeeded.
27. I prefer this ________ that.

28. Stone cannot be turned __________ gold.
29. Compare this __________ that, and choose a better one.
30. He devoted himself __________ passing the examination.
31. He was blamed __________ coming late.
32. I was surprised __________ his promotion（升遷）.
33. He made the mistake __________ many reasons.
34. He is suffering __________ sickness.
35. He was dismissed（開除）__________ his neglect（疏忽）of duty.
36. I was delighted __________ hearing the news.
37. The man is famous __________ his learning.
38. Cotton is sold __________ the yard.
39. I can write better __________ my own pen.
40. He walks __________ an old man.

(B) 翻譯：

1. 我畢業（graduation）後，將不依靠父親。
2. 我因爲懶惰（laziness）而受處罰。
3. 他搭飛機去美國。
4. 我每天騎腳踏車上學。
5. 他死於瘧疾（malaria）。
6. 我的書桌是木材做的。
7. 他用電話告訴我那消息。

8. 我按月付（pay）房租（rent）。
9. 他被強盜（robber）用手槍（pistol）殺死。
10. 我用鋼筆寫信。
11. 她以美麗（beauty）著名（famous）。
12. 他因為你的成功（success）而高興（pleased）。
13. 我因為你的失敗（failure）而驚訝（surprised）。
14. 他為了生活（living）而奮鬥（struggle）。
15. 湯姆不喜歡（is fond of）追求（run after）女孩。
16. 他沒有及格（pass），使我非常失望（disappointment）。
17. 把那篇作文譯成（translate）英文。
18. 我的英文不能和他的比較。
19. 我比較喜歡（prefer）糖，不喜歡水果。
20. 他比我大五歲。
21. 他的學識優於我。
22. 他抓住我的袖子（sleeve）。
23. 瑪麗穿了一件紅衣服。
24. 他像父親而不（rather than）像母親。
25. 他說話像老年人。
26. 他將於明天出發去旅行。
27. 我的房子正在建築（construction）中。
28. 這是那練習的解答。
29. 真絲（real silk）比這種布（cloth）差。
30. 他比我小三歲。

第 17 章 連接詞 Conjunction

108 連接詞的種類

① 對等連接詞（Coordinate Conjunction）

【例】and, but, for, or, so, yet, still, both～and, either～or, neither～nor, not only～but also, etc.

② 從屬連接詞（Subordinate Conjunction）

【例】as, because, before, after, how, than, though, since, till, until, unless, if, when, where, what, who, which, as soon as, as if, so that, so…that, no sooner…than, whether…or, etc.

109 對等連接詞的用法

對等連接詞是連接對等的單字、片語或子句。

① and

【例】
He ***and*** I are honest.（他和我都誠實。）
He did the work ***and*** he did it well.
（他做那工作而且做得很好。）
Come ***and*** see.（請來看。）
Speak the truth, ***and*** I will forgive（原諒）you.
(= If you speak the truth, I will forgive you.)
（說實話，那麼我就會原諒你。）
Study hard, ***and*** you will pass.
(= If you study hard, you will pass.)
（用功讀書，那麼你就會及格。）

② both ~ and

【例】 ***Both*** he ***and*** I are in the right.
（他和我兩個人都是對的。）

③ not only ~ but also

【例】 ***Not only*** he ***but also*** I am in the wrong.
（不僅他而且我都是錯的。）

④ or

【例】
He ***or*** I am mistaken.（他或我是錯的。）
Make haste, ***or*** (= *otherwise*) you will miss the train.
（趕快，否則你會趕不上火車。）

⑤ either ~ or

【例】 ***Either*** he ***or*** I am reliable.
（不是他可靠，就是我可靠。）

⑥ neither ~ nor

【例】 ***Neither*** he ***nor*** I am drunk.
（他沒有醉，我也沒有醉。）

⑦ but

【例】
He is poor, ***but*** contented.（他很窮，但知足。）
They all went, ***but*** I didn't.
（他們都去了，但我沒去。）

⑧ for

【例】
It must be true, ***for*** everybody says so.
（這一定是眞的，因爲每個人都這麼說。）
The days are short, ***for*** it is now December.
（白天很短，因爲現在是十二月了。）

⑨ so

【例】 He was sick, ***so*** they sent him to the hospital.
（他生病了，所以他們把他送到醫院去。）
It was raining hard, ***so*** we could not go on a picnic.
（當時正在下大雨，所以我們不能去野餐。）

110 從屬連接詞的用法

凡是引導名詞子句、形容詞子句或副詞子句的連接詞叫從屬連接詞。

① after

【例】 ***After*** I *had left*, he came.
（我離開後，他就來了。）
I found the letter ***after*** *he had gone away*.
（他離去後，我才找到那封信。）

【特別注意】 凡是從屬連接詞連接的副詞子句，如放在主要子句前面須加逗點，和主要子句分開；如放在後面就不要。

② before

【例】 Think well ***before*** *you decide*.
（在你決定前，要好好想一想。）

③ as

【例】 ***As*** (= Because) *you are tired*, you had better rest.
（因爲你累了，你最好休息。）
As (= When) *I was coming here*, I met your brother.
（當我來這裡的時候，我遇見了你的兄弟。）
Do it ***as*** (= in the same way ***as***) *I told you*.
（依照我的吩咐去做。）

④ since

【例】
He has been sick ***since***（自從）*I last saw him.*
（自從我上次看到他，他就一直在生病。）
Since（既然）*we have no money*, we had better not go.
（既然我們沒有錢，我們最好不要去。）

【特別注意】 since 表「自從」，它前面的時式通常用現在完成式，後面用過去式。

⑤ till〔until〕

【例】 I will wait ***till***〔***until***〕 he comes.
（我要等到他來爲止。）

⑥ when

【例】
When *I come back*, I shall see him.〔副詞子句〕
（當我回來時，我要去看他。）
Sunday is the day ***when*** *I am least busy*.〔形容詞子句〕
（星期日是我最不忙的日子。）

⑦ while

【例】
Please be quiet ***while*** *I'm talking to you.*
（當我對你們說話的時候，請安靜。）
He hurt himself ***while*** *he was playing football.*
（他在打美式足球的時候受了傷。）

【注意】 (1) while 是表示兩種動作同時發生，所以與 when 稍有不同，while 常接進行式。
(2) while 也可當對等連接詞用，表「而」，此時 while 之前要加逗點。

【例】 He went out, ***while*** I stay at home.
（他出去了，而我留在家裡。）

⑧ where

【例】
***Where** there is a will*, there is a way. 〔副詞子句〕
(【諺】有志者，事竟成。)
This is the place ***where** we met*. 〔形容詞子句〕
(這就是我們會面的地方。)

⑨ wherever

【例】
There is no place like home, ***wherever** you may go*.
(不論你到什麼地方去，沒有一個地方像家一樣好。)
He is welcomed ***wherever** he goes*.
(他無論到什麼地方都受歡迎。)

⑩ whenever

【例】 I will see him ***whenever** he likes to come*.
(不論他高興什麼時候來，我都願意見他。)

⑪ because

【例】
He passed ***because** he studied hard*.
(他及格了，因爲他很用功讀書。)
***Because** it was raining*, he did not go.
(因爲當時正在下雨，所以他沒有去。)

【注意】 because和for用法稍有不同，而且有許多情況是通用的。不過有一點要記住，就是for連接兩個對等的子句，它前面要加逗點，而because可以加，也可以不加。

⑫ if

【例】 ***If** I have time*, I shall do it.
(如果我有時間，我就要做它。)

【註】 參閱第九章 50

⑬ though (although)

【例】
Though *we are poor*, we are contented.
（我們雖然窮，但我們卻知足。）
Although *it was cold*, he did not light the fire.
（雖然天氣很冷，但他卻沒生火。）

【注意】 though，although 之後絕不可用 but，那是中國式英語。

⑭ than

【例】
He does better work ***than*** *I do*.
（他工作做得比我好。）
You are much taller ***than*** *I am*.
（你比我要高很多。）

⑮ that

【例】
He said ***that*** his father had returned.〔名詞子句〕
（他說他的父親回來了。）
He is the best boy ***that*** I have ever seen.〔形容詞子句〕
（他是我見過最好的男孩。）

【註】 參閱第二章 15

⑯ unless

【例】
You will never succeed ***unless*** *you make efforts*.
（除非你努力，不然永遠不會成功。）
The baby will never cry ***unless*** *he is hungry*.
（除非那嬰兒餓了，不然他絕不會哭。）

⑰ whether ~ or

【例】 Success depends on ***whether*** you work hard ***or*** not.
（成功端賴你是否努力工作。）

⑱ who — whom — whose — which

【註】參閱第二章 15

⑲ as soon as（一～就）

【例】 ***As soon as** I returned home*, it began to rain.
（我一回到家，就開始下雨了。）
She wept aloud ***as soon as** she heard the news.*
（她一聽到那消息就放聲大哭。）

⑳ no sooner～than（一～就）

【例】 ***No sooner*** had I returned home ***than*** *it began to rain.*
（我一回到家，就開始下雨了。）

㉑ hardly～when（一～就）

【例】 ***Hardly*** had I returned home ***when*** *it began to rain.*
（我一回到家，就開始下雨了。）

【注意】 as soon as 用過去式；no sooner，hardly 用過去完成式而且置於句首時，助動詞須放在主詞前面。

㉒ so～that（非常～所以）

【例】 He is ***so*** old ***that*** *he cannot work.*
（他非常老，所以無法工作。）

㉓ such～that（非常～所以）

【例】 He is ***such*** an old man ***that*** *he cannot work.*
（他是一個非常老的人，所以無法工作。）
【註】 so 後接形容詞或副詞，such 後接名詞。

㉔ so that（以便於；因此）

【例】 He studied hard ***so that*** *he may pass.*
（他用功讀書，想通過考試。）

㉕ now that（既然）

【例】***Now that** it has stopped raining*, I would like to go for a walk.（既然雨停了，我想要去散步。）

㉖ suppose (*that*)（假定）

【例】***Suppose** (that) the book were in the library*, it would be at your service.
（假如書是在圖書館裡，那你就可以任意使用。）

㉗ provided (*that*)（假使）

【例】***Provided** (that) he should tell me a lie*, I would dismiss him.（假使他對我說謊，我就要開除他。）

㉘ the moment（一～就）

【例】Why did you go out ***the moment** they arrived*?
（為什麼他們一到，你就出去了？）

㉙ the instant (*that*)（一～就）

【例】I ran out the house ***the instant** I felt the earthquake*.
（我一感覺到地震，就跑出屋外了。）

㉚ next time（下次）

【例】***Next time*** I see you, I'll show you my new watch.
（下次我見到你，我會把新手錶給你看。）

【註】next time 是連接詞，引導副詞子句，修飾動詞 show，表時間。

練習 36

※ 翻譯：

1. 不是他錯就是我錯。(either～or)
2. 你沒有生病，他也沒有生病。(neither～nor)
3. 他們唱歌 (sing)，但我們跳舞。(but)
4. 他說話，而我們不作聲 (be quiet)。(while)
5. 她生氣了，因為她不懂 (know) 英文。(for)
6. 她生氣了，因為他說英文。(because)
7. 服從 (obey) 老師，否則你就會受罰。(or)
8. 我犯了 (make) 錯，所以爸爸責備 (blame) 我。(so)
9. 在你方便的時候，我想來看看你。(whenever)
10. 當他來的時候，我已經去台北了。(when)
11. 當我在寫信的時候，他來了。(while)
12. 我做完功課後，去看電影了。(after)
13. 在我睡覺 (go to bed) 以前，我去散步。(before)
14. 他工作比我做得快。(than)
15. 除非你趕快 (make haste)，否則趕不上 (miss) 火車。(unless)
16. 請等 (wait) 到我來。(till, until)

17. 他雖然用功讀書，但可能會考不及格。
(though, although)

18. 他自從畢業 (graduate) 以後，就不曾讀英文。(since)

19. 既然你沒有錢，就不需要買那本書了。(since)

20. 那就是我們住的房子。(where)

21. 他剛出發 (start)，就變陰天 (cloudy) 了。
(no sooner)

22. 他一看見狗，就逃跑了 (run away)。(hardly)

23. 他一回家，就睡覺了。(as soon as)

24. 他一離開家，就遇見 (meet) 我。(the moment)

25. 他非常誠實，所以我們都相信 (believe) 他。
(so~that)

26. 他是一個非常壞的人，所以我不喜歡他。(such~that)

27. 既然他不在家，我們就不需要拜訪他了。(now that)

28. 問他是否能來。(whether~or)

29. 假定他不能來，誰將做那工作？(suppose)

30. 假使她的朋友也去，她就去。(provided)

第18章 感歎詞 Interjection

111 感歎詞用法

感歎詞是用來表示一種強烈的喜怒哀樂的感情，所以它和句中其他的字不發生文法上的關連。感歎詞後通常接感歎號（！）

① o, oh（啊呀）

【例】
- ***O God***, save us!（上帝啊，救救我們！）
- ***Oh***, dear me!（天啊！）
- ***Oh***, what a surprise!（啊呀！多麼令人驚訝呀！）

【注意】(1) 此兩個字表示驚訝，憂懼，快樂悲傷等感情。
(2) Oh 後須用逗號，O 後不可用。

② alas（啊呀，嗚呼）

【例】 ***Alas***! He was killed by the enemy!
（啊呀！他被敵人殺了！）

③ what（什麼）

【例】 ***What***！ Are you late again?（什麼！你又遲到了？）

④ hurrah（萬歲）〔表示歡呼〕

【例】 ***Hurrah*** for the King!（吾王萬歲！）

⑤ hello, hallo（喂）

【例】 ***Hello***, who is speaking?（喂，你是哪位？）

⑥ 其他：My!（啊呀！），Hush!（噓！不要出聲！），Aha!（妙啊！），Bravo!（太棒了！好極了！），Well（好極了；啊；那麼）。

句子

Sentence

112 句子的種類

句子是一群字，不但有主詞也有動詞，而且是表示完整的思想。

① 按照用法分類

(a) 敘述句 (Declarative Sentence)

【例】
- Tom won the race. (湯姆賽跑贏了。)
- He will not tell lies. (他不願說謊。)
- I am a student. (我是個學生。)

(b) 疑問句 (Interrogative Sentence)

【例】
- Has he much knowledge? (他很有知識嗎？)
- Did he sleep well? (他睡得好嗎？)
- Is he reliable? (他可靠嗎？)
- Are you a student? (你是學生嗎？)

(c) 祈使句 (Imperative Sentence)

【例】
- Be quiet! (安靜一點！)
- Don't make any noise. (不要吵。)
- Please sit down. (請坐下。)
- Be seated, please. (請坐下。)

【註】 (1) 命令句前之主詞 you 須省略。
(2) Please 放在句尾，它前面必須加逗點。

(d) 感歎句 (Exclamatory Sentence)

【例】
How honest he is!
(他是多麼誠實呀!)
What an honest man he is!
(他是一個多麼誠實的人啊!)

【註】 how 和 what 在感嘆句中都表「多麼」,但 how 接形容詞或副詞,what 接名詞。

② 按照構造分類

(a) 單句 (Simple Sentence)

所謂單句,只包括一個主詞和一個動詞。

【例】
The soldiers fought bravely. (士兵勇敢地作戰。)
Bring me some water. (拿給我一些水。)

(b) 合句 (Compound Sentence)

合句包括兩個或兩個以上對等的子句,而由對等連接詞所連接者。

【例】
The bell rang ***and*** the students dispersed.
(鈴響了,學生都四散了。)
Wool is warm, ***but*** silk is beautiful.
(羊毛是溫暖的,但是絲綢是美麗的。)
Get up early, ***otherwise*** you will be late for school.
(要早起,否則你上學就遲到了。)

【例】 The car stopped; Joe got in.
(車停下來;喬上車。)

【註】 合句也有用分號(;)連接者。

(c) 複句 (Complex Sentence)

複句包括一個主要子句 (Principal Clause) 以及一個或更多的從屬子句 (Subordinate Clause),而由從屬連接詞所連接者。

【例】
It is later ***than*** you think.
（現在比你想像的要晚了。）
The supply is rationed ***so that*** everyone may have a share.
（因爲供應品是配給的，所以每一個人都有一份。）
The girl ***who*** wears the white dress is Mary.
（穿白衣服的女孩是瑪麗。）

【註】凡是由從屬連接詞開頭的子句都是從屬子句，另一個子句就是主要子句。

(d) 複合句（Compound-complex Sentence）

一個合句的主要子句另外包括從屬子句就叫複合句。

【例】Tom told me ***that he had visited Mary***, but he did not mention her illness.
（湯姆告訴我他去拜訪瑪麗了，但沒有提及她生病了。）

113 句子的要素

① 主部（Subject）

主部也許是一個字，它也可以包括修飾語（Modifiers），如果是命令句主詞 you，則須省略。

【例】
Students must study hard.〔一個字〕
（學生必須用功讀書。）
The boys of our school are honest.〔包括修飾語〕
（我們學校的男孩很誠實。）
Don't talk in class.〔you 省略〕
（不要在課堂上說話。）

② 述部（Predicate）

述部的中心就是動詞，它可以包括受詞、補語或副詞修飾語。

【例】
They ***laughed***.〔單包括動詞〕
（他們笑。）
They ***laughed loudly***.〔另包括副詞〕
（他們大聲笑。）
They ***learn English***.〔另包括受詞〕
（他們學習英語。）
They ***are brave***.〔另包括補語〕
（他們很勇敢。）
They ***thought him brave***.〔另包括受詞和補語〕
（他們認爲他很勇敢。）

114 八大詞類

八大詞類我們在上面已分別地研討過，但特別列表如下，做一歸納，以便有一個完整的觀念。

① 名詞（**Noun**）— table, book, Taipei, …

② 代名詞（**Pronoun**）— I, you, he, …

③ 形容詞（**Adjective**）— white, cold, warm, …

④ 副詞（**Adverb**）— quickly, loudly, …

⑤ 動詞（**Verb**）— run, speak, is, …

⑥ 介系詞（**Preposition**）— at, of, in, on, …

⑦ 連接詞（**Conjunction**）— and, but, when, …

⑧ 感歎詞（**Interjection**）— oh, alas, well, …

115 片語

片語和句子一樣也包括一群字，但是它既無主詞又無動詞，所以不能表達完整意思，只能用來做名詞、形容詞、副詞而已。

① 名詞片語

【例】 ***To read the newspaper*** is interesting.（看報紙是有趣的。）

【註】 To read the newspaper 是名詞片語做主詞。

② 形容詞片語

【例】 The wind ***from the north*** is cold.
（從北方颳來的風是冷的。）

【註】 from the north 是形容詞片語，修飾名詞 wind。

【例】 The man ***in white*** is my father.（穿白衣服的人是我父親。）

【註】 in white 是形容詞片語，修飾名詞 man。

③ 副詞片語

【例】 He came to school ***in time***.（他及時到學校。）

【註】 in time 是副詞片語，修飾動詞 came。

【例】 He went ***through the forest***.（他穿過森林。）

【註】 through the forest 是副詞片語，修飾動詞 went。

116 子句

子句和句子一樣，也是一群字，也有主詞和動詞。不能表達完整思想，不能單獨使用的，稱爲從屬子句，用來做名詞、形容詞或副詞；可表達完整思想，可獨立使用的，稱爲主要子句。在此說明從屬子句。

① 名詞子句（***Noun Clause***）

(a) 做主詞

【例】
- ***That the earth is round*** is true.（地球眞的是圓的。）
- ***Who wrote the book*** is not known.
（沒人知道是誰寫了這本書。）
- ***Why you should refuse*** is not clear.
（你爲什麼應該拒絕，原因並不清楚。）
- ***What she said*** made us happy.（她說的話使我們很高興。）

(b) 做及物動詞的受詞

【例】

I think ***that he will come tomorrow***.
（我想他明天會來。）
Tom asked ***if I could help him***.
（湯姆問我是否能幫他。）
I'll tell her ***how the boys caught the fox***.
（我要告訴她那些男孩怎樣捉住狐狸。）
I asked him ***whether he would go out*** (***or not***).
（我問他是否會出去。）

(c) 做介系詞的受詞

【例】 His success depends ***upon whether he works hard or not***.
（他的成功端賴他是否努力工作。）
【註】 whether 開頭的名詞子句是介系詞 upon 的受詞。

【例】 They talk ***about why Tom had failed in his business***.
（他們談論湯姆為什麼事業失敗。）
【註】 why 開頭的名詞子句是介系詞 about 的受詞。

(d) 做主詞補語

【例】

My opinion is ***that the story is false***.
（我的意見是那故事是假的。）
This play is exactly ***what I expected to see.***
（這齣戲正是我希望要看的。）

【注意】 凡是 be 動詞後的名詞子句都是主詞補語。

(e) 做受詞補語

【例】

You may call him ***what you wish***.
（你可以隨意叫他。）
His education has made him ***what he is***.
（他的教育造就今日的他。）

(f) 做同位語 (Appositive)

【例】 The fact ***that you have been married*** cannot be denied.

(你已結婚的事實是無法否認的。)

【註】 事實就是結婚，結婚就是事實，所以兩者是同位語。

【例】 The rumor ***that he succeeded*** proved to be true.

(他成功的謠言已證實是眞的。)

【註】 謠言就是成功，成功就是謠言，所以兩者是同位語。

【注意】 同位語名詞子句通常用 that 連接。

(g) 用在「It is + (形容詞) + 名詞子句」的句型中，It 是形式主詞

【例】
It is sure ***that he will succeed in his work***.
= ***That he will succeed in his work*** is sure.
(他工作會成功是一定的。)

② 形容詞子句 (***Adjective Clause***)

【例】
God helps those ***who help themselves***.
(【諺】天助自助者。)

That is the boy ***whose mother is ill***.
(那就是母親正生病的男孩。)

I don't know the man ***of whom you are speaking***.
(我不認識你提及的那個人。)

This is the house ***which my father built***.
(這就是我父親建造的房子。)

This is the house ***whose windows are of stained glass***.
(這就是有彩色玻璃窗的房子。)

All ***that glitters*** is not gold.
(【諺】閃爍者未必是金；金玉其外，敗絮其中。)

【註】 凡是形容詞子句都由關係代名詞或關係副詞引導，
參閱第二章 15。

③ 副詞子句（*Adverb Clause*）

副詞子句相當複雜，由下列從屬連接詞引導的子句，大致是副詞子句。（參閱第十七章 108 各連接詞用法）as, after, before, since, till, until, when, while, where, wherever, whenever, because, if, though, although, than, unless, as soon as, no sooner～than, hardly〔scarcely〕…when, so～that, so that, now that, suppose (that), provided (that), the moment, as if, etc.

【例】
When he was a child, he was very weak.
（他小的時候，身體非常虛弱。）
Stay here ***until I come back***.
（待在這裡直到我回來。）
If I have time, I will pay you a visit.
（如果我有時間，我會去拜訪你。）
He speaks ***as if he were our teacher***.
（他說起話來好像他是我們的老師一樣。）

練習 37

(A) 選擇（①下面的句子有複句也有合句，把它們指出來 ②複句中也有名詞子句，形容詞子句，副詞子句，也把它們指出來）：

1. I can see that the clouds will hide the moon.
2. Our problem is whether we shall enter the contest（比賽）.
3. We talked about what he might do.
4. Whatever he does is done well.
5. He is taller than I (am).
6. If we practice, we will win.
7. Do as you were told.

8. The news that he will come gives me much pleasure.
9. The dogs paused（停止）again, but Tom urged（催促）them on.
10. He does not understand the story; therefore, he cannot read it well.
11. The lake was frozen（結冰）, and the ground was covered with snow.
12. His greatest ambition（野心）is that he may pilot（駕駛）an airplane.
13. The man who is standing at the door is Tom.
14. They made him what he is.

(B) 翻譯：

【注意】用含名詞子句的句型譯下列中文。

1. 我想他錯了。
2. 我的意見是那消息是眞的（true）。
3. 他是否去尙未決定（undecided）。
4. 我的朋友問我是否要去。
5. 我們是否成功（succeed）端賴於天氣（weather）。
6. 誰將去台北還不知道。
7. 我們失敗（fail）是不可能的（impossible）。
8. 我知道他叫什麼名字。
9. 地球是圓的事實不能否認（denied）。
10. 我們談論（talk about）他何時將露面（turn up）。

第 20 章 主詞、動詞、代名詞的一致 Agreement

117 主詞的組成

① 名詞和代名詞

【例】
The *wind* is blowing.（風在吹著。）
The *farmer* was an old man.（農夫是一個老人。）
He cleaned the knives.（他洗那些刀。）
I sing with Mary.（我和瑪麗一起唱歌。）

② 不定詞

【例】
To tell a lie is wrong.（說謊是錯的。）
To write well is not easy.（寫得好不容易。）
To be a great poet is his dream.
（做一個偉大的詩人是他的夢想。）

③ 動名詞

【例】
Working faster was impossible.
（工作想做快一點是不可能的。）
Having lost the letter worried her.
（丟了信使她煩惱。）
Running errands was John's delight.
（替人跑腿是約翰的樂趣。）

④ 名詞子句

【例】
Why he went away was not known.
（沒有人知道他爲什麼離開。）
That you will succeed is certain.
（你一定會成功。）

【例】
Whether we shall make money is doubtful.
（我們是否會賺錢還不敢確定。）
Whatever he does is done well.
（他不論做什麼都做得很好。）

118 主詞動詞一致的規則

主詞和動詞在人稱和數上，兩者必須一致。下面就是它們一致的規則。

① **主詞是第三人稱單數，動詞後須加 s 或 es。**

【例】
The ***man drives*** to work.（那個人開車去上班。）
He does his work well.（他工作做得很好。）
He goes to school every day.（他每天上學。）
Tom plays the piano well.（湯姆鋼琴彈得很好。）
The ***boy studies*** hard.（那男孩用功讀書。）
Henry brushes his teeth at night.（亨利晚上刷牙。）
The ***man passes*** by the church every morning.
（那人每天早上經過教堂。）

【註】動詞由單數變複數的規則，和名詞由單數變複數的規則完全相同。參閱第一章 4 第②條即知。

特別注意

A. 有些名詞字尾是 s 卻是單數，所以動詞也用單數。
【誤】The news *are* true.
【正】The news ***is*** true.（那消息是眞實的。）
【注意】凡是學科的名詞，如 mathematics 帶 s 者，都是單數，動詞也用單數。

B. 有些名詞外形是單數，實際是複數，應接複數名詞。
【誤】The people *does* not like the doctor.
【正】The people ***do*** not like the doctor.
（人們不喜歡那位醫生。）

【誤】The cattle *is* from Holland.
【正】The cattle ***are*** from Holland.
（這些牛是從荷蘭來的。）

C. 集合名詞如 family, team, class, committee, army, crowd，如果指單位是單數，動詞用單數，如果指單位中的組成份子是複數，動詞用複數。

【比較】
His ***family consists*** of four people.〔指單位〕
（他的家庭有四個人。）
His ***family are*** all well.〔指組成份子〕
（他的家人都很健康。）

【比較】
The ***class is*** small.〔指單位〕
（這班級很小。）
The ***class are*** playing outdoors.〔指人〕
（那班上的學生在戶外遊玩。）

② 如果主詞後面接有片語，動詞須與其主詞一致，而不與片語一致。

【例】The ***package*** *of cigarettes* ***is*** on the table.
（那包香煙是在桌上。）
【註】主詞是 package 而不是 cigarettes，所以接單數動詞。

【例】The ***boxes*** *of candy* ***are*** on the table.
（那些糖果盒子是在桌上。）
【註】主詞是 boxes 而不是 candy，所以接複數名詞。

③ 主詞由 *and* 連接者，一致的規則，須依照下列規則變化。

(a) 如果連接的名詞是指不同的人或物，動詞用複數。

【例】
Tom and Joe are classmates.
（湯姆和喬是同班同學。）
The pen and the paper are on the desk.
（筆和紙是在書桌上。）

(b) 如果連接的名詞是指同一的人或物，動詞用單數。

【例】
My old friend and colleague, Tom, ***is*** here.
（我的老朋友兼老同事湯姆在這裡。）
The teacher and doctor is arriving tonight.
（那位兼任醫生的老師，將在今晚到達。）

【注意】 兩個名詞前只用一個冠詞是指一個人，動詞用單數，看上面的例句即知。但如果兩個名詞前都用冠詞，是指兩個人，動詞用複數。

【例】 ***The teacher and the doctor are*** arriving tonight.
（老師和醫生將在今晚到達。）

(c) 如果連接的名詞被認爲一單位或整體，動詞用單數。

【例】 ***Bread and butter is*** all he asked for.
（奶油麵包是他所要的全部的東西。）
【註】 奶油和麵包雖是兩種不同東西，但實際上是一種食物。

【例】 ***Ham and egg is*** my favorite food.
（火腿蛋是我最喜愛的食物。）
【註】 火腿蛋只是一道菜而已，並不是兩種不同的食物。

(d) 如果連接的名詞前面有 each 和 every，動詞用單數。

【例】
Each man and woman stays at home.
（每個男女都待在家裡。）
Every boy and every girl is present.
（每個男孩女孩都出席了。）

④ **主詞由 *or*，*either*～*or*，*neither*～*nor* 連接者，動詞須與其靠近的主詞一致。**

【例】
John or his ***brothers are going*** to help me.
（約翰或他的兄弟將要幫助我。）
Either he or ***I am*** mistaken.（不是他錯，就是我錯。）
Neither you nor ***he is*** angry.
（你沒有生氣，他也沒有生氣。）

⑤ **主詞由 *as well as*，*together with*，*with* 連接者，動詞須與第一個主詞一致。**

【例】
You as well as he *are* in danger.
（你和他都處在危險中。）
The *father* together with his sons *is* leaving for Tainan tomorrow.
（那位父親連同他的兒子們明天將前往台南。）

⑥ **主詞由 *not only～but also*…連接者，動詞須與後者一致。**

【例】 Not only he but also *I am* to be punished.
（不僅他而且我必須受罰。）

⑦ ***each of* 和 *one of* 雖然後接複數名詞，但動詞用單數。**

【例】
Each of the boys *arrives* on time.
（每個男孩都準時到達。）
One of the girls *is* absent from class.
（女孩中有一個缺課。）

但 one of 有時也接複數動詞。

【例】 She is *one* of the girls who *are* absent from class.
（她是缺課的女孩之一。）

【注意】 此句中缺課的女孩很多，who 是代替 girls 而不是 one，所以動詞接複數。

⑧ ***either* 和 *neither* 是單數，動詞接單數。**

either 表「兩者之一」，neither 表「兩者都不」。

【例】
Either of the boys *is* excited about the news.
（兩個男孩中有一個對那消息感到興奮。）
Neither of the two girls *likes* reading.
（兩個女孩中沒有一個喜歡讀書。）

⑨ ***everybody*，*everyone*，*anybody*，*anyone*，*somebody*，*someone*，*no one*，*nothing*，*nobody*，*another*，*the other*** **不管意思是單數或複數，動詞永遠接單數。**

【例】
Everybody is having a good time.
（每個人都玩得很愉快。）
Someone is on the telephone.（有人在打電話。）

⑩ ***all*，*both*，*few*，*many*，*several*，*some*** **接複數動詞。**

【例】
All were satisfied with their grades.
（大家對成績都很滿意。）
Both are in the classroom.（兩個人都在教室裡。）
Several have already ***written*** to me.
（有幾位已經寫信給我了。）

⑪ ***none*** **接單數或複數都可以。**

【例】
None has returned from the meeting.
（還沒有一個人從會議中回來。）
None were on time, for they all missed the bus.
（沒有一個人準時來，因爲他們都沒有趕上公車。）

⑫ ***half*，*part*，*the rest*，*all*，*any*** **以及分數或比例，如果它們後面的名詞是單數，動詞用單數，如果是複數，動詞用複數。**

【比較】
Half of the ***boys are*** honest.
（有一半的男孩是誠實的。）
Half of my ***time has*** been spent (in) doing nothing.
（我有一半的時間都浪費掉了，什麼事也沒做。）

【比較】
All of the ***men have*** done their part.
（所有的人都盡他們的本分了。）
All of the ***money has*** been spent.
（所有的錢都花掉了。）

【比較】
One third of the ***apples are*** yours.
（三分之一的蘋果是你的。）
Two thirds of the ***time has*** passed.
（三分之二的時間已經過去了。）

⑬ **名詞指一筆金錢，一段時間或距離，雖然是複數，動詞用單數。**

【例】
Fifty dollars is too much to pay for that coat.
（五十塊錢買那件外套是太貴了。）
Three years is not enough to learn English.
（三年時間學英文是不夠的。）
Forty miles is a long distance.
（四十英哩是一段很長的距離。）

但時間如是指年復一年地過去，動詞用複數。.

【例】 ***Twenty years have*** passed since I came to Taiwan.
（自從我來台灣已經有二十年了。）

⑭ ***the number of*** **動詞接單數，*a number of*** **動詞接複數。**

【例】
The number of the students ***is*** 50.
（學生的數目是五十人。）
A number of students〔Many students〕***are playing*** outside.（許多學生在外面玩。）

⑮ there，here **後的名詞是單數，動詞用單數，是複數，動詞用複數。**

【例】
There ***is a man*** at the door.（門口有一個人。）
There ***are several men*** at the door.
（門口有幾個人。）
Here lives a man whose name is Tom.
（這裡住著一個人，他的名字叫湯姆。）
Here live many men by the seashore.
（海濱附近住著許多人。）

⑯ **關係代名詞做主詞用時，動詞須與它所代替的先行詞一致。**

【例】
You, ***who are*** a student, should study hard.
（你是學生，應該用功讀書。）
He, ***who is*** strong, may do it.
（他很強壯，可以做它。）
I, ***who am*** old, cannot go.（我老了，不能去。）

⑰ **書名都視爲單數，動詞用單數。**

【例】 "The Web and the Rock" ***was*** Wolfe's third novel.
（「網和岩石」是渥爾夫的第三本小說。）

練習 38

(A) 改錯（沒有錯的不改）:

1. Each boy and each girl want to look nice.
2. Five hundred dollars are a big sum（金額）.
3. You or he has taken my book.
4. It is I who is to blame.
5. There are many people in the park.
6. Mathematics are difficult.
7. Curry and chicken is my favorite dish（菜餚）.
8. The secretary and teacher are not at home.
9. Either you or he have made a mistake.
10. Neither you nor I are willing to go.
11. He or you are in the room.
12. There come many people.
13. The committee（委員會）are divided（分歧）in their opinion（意見）.
14. Every man and woman is at work（工作中）.

15. My old friend and classmate, Henry, are new (不熟悉的) to Taipei.
16. Part of the oranges is ripe (成熟的).
17. The rest (其餘) of my money has been spent on books.
18. Three fifths of the land are barren (不毛的).
19. The army (軍隊) are marching (齊步前進) towards the city.
20. The news are false.
21. Everyone of the boys are diligent.
22. One of the students has returned.
23. He is one of the students who has returned.
24. Here is five apples.
25. Why has the men burned this field?
26. There goes my students!
27. All of my money was lost.
28. Each boy and each girl denies (否認) your story.
29. Neither you nor he were elected (選舉).
30. Ten miles are a long distance.
31. Two years are a short time.
32. Ten years has passed since he went abroad (出國).
33. Not only I but also he is angry.
34. The general (將軍) together with his soldiers (士兵) were wounded (受傷).
35. A flock (群) of sheep is grazing (吃草) on the hillside.
36. My family is large.

(B) 選擇：

1. He (doesn't, don't) try.
2. (Were, Was) you going with me?
3. Mathematics (was, were) his favorite subject.

4. One of my shoes (are, is) lost.
5. A committee of ten boys (was, were) chosen.
6. The leaves of this tree (has, have) been killed by insects (昆蟲).
7. There (is, are) a number of boys in the park.
8. Neither you nor I (is, am, are) sure of success.
9. Here (comes, come) the soldiers!
10. He or I (are, is , am) to blame.
11. The people (are, is) walking on the street.
12. There (was, were) two deer (鹿) standing near the spring (泉).
13. The class (has, have) planted (種植) three trees.
14. (Doesn't, Don't) it look beautiful?
15. The trees in the forest (are, is) tall and straight (筆直的).
16. Fifty miles (are, is) a long distance.
17. The number of the boys (are, is) ten.
18. Politics (政治學) (has, have) been studied by us.
19. Either Tom or Henry (are, is) going to the city.
20. Ham and egg (are, is) good to eat.
21. It is they who (are, is) honest.
22. I, who (is, am) busy, will not go.
23. Either of the boys (are, is) willing to go.
24. Everyone (thinks, think) this a good idea.
25. (Is, Are) neither of your cousins here?
26. The team (has, have) expressed (表達) different opinions
27. All of my time (has, have) been spent uselessly (白白地).
28. The teacher and the nurse (are, is) leaving tonight.
29. One half of these books (belongs, belong) to me.
30. Ten years (has, have) passed since I was graduated from college.

(C) 翻譯：

1. 每個男孩女孩都很誠實。
2. 不是他對，就是我對。
3. 他沒錯，你也沒錯。
4. 你或他缺席了 (absent)。
5. 自從我到此地已經有五年了。
6. 五年是一段 (period) 長時間。
7. 那些人都在公園中散步。
8. 他很努力讀英文。
9. 他不說謊 (tell lies)。
10. 我所有的錢都被偷了 (steal)。
11. 我所有的兄弟都正在 (at) 吃飯。
12. 一百五十元不夠買那本書。
13. 我的家人都很忙。
14. 我家裏有六個人。
15. 我的老朋友兼老同學王先生很強壯。
16. 我們兩個人當中有一個不誠實。(either)
17. 我們兩個人當中沒有一個是誠實的。(neither)
18. 大家都在學英語會話。
19. 沒有一個人願意做那工作。
20. 我三分之二的時間是白白地 (uselessly) 花掉了。

119 代名詞與名詞一致的規則

代名詞須與其代替的名詞在性別 (Gender) 和數目上 (Number) 一致。

① 性別一致

【誤】Mary gave *his* ticket to Tom.
【正】Mary gave ***her*** ticket to Tom.
(瑪麗把票交給湯姆。)

【誤】John sends *her* regards to you.
【正】John sends ***his*** regards to you.
（約翰向你問好。）

【誤】This place is famous for *his* flowers.
【正】This place is famous for ***its*** flowers.
（這地方以花聞名。）

② **數的一致**

名詞或代名詞如果是單數，代替它們的代名詞也要用單數；如果是複數，代名詞也要用複數。

【例】
He will take ***his*** car.（他要搭他的車。）
They will take ***their*** car.（他們要搭他們的車。）
Bill and Jack will take ***their*** cars.
（比爾和傑克要搭他們的車。）
We will take ***our*** cars.（我們要搭我們的車。）
Bill and I will take ***our*** cars.（比爾和我要搭我們的車。）

【註】our 代替 Bill and I，因為意思上是我們，當然不能用他們。

③ **不定代名詞**

(a) 不定代名詞如果是單數，代名詞也要用單數；如果是複數，代名詞也要用複數。

【例】
Each did ***his*** best to do the work.
（每個人盡力做那工作。）
All did ***their*** best to do the work.（大家盡力做那工作。）
Everyone has bought ***his*** ticket.
（每個人已經買好票了。）
Several have bought ***their*** tickets.
（有幾個人已經買好票了。）

【註】each，everybody，everyone 須用 his 代替；但如果它們所指的不只一個人，美語也可用 their 代替。

(b) one 須用 one's 來代替。

【誤】One should love *his* country.
【正】One should love ***one's*** country.（一個人應該愛國。）

【註】 美語卻用 his 代替。

④ 男女混合場合用 his 代替

【例】
Each (*man and woman*) paid for ***his*** own lunch.（每個人都自己掏腰包吃午餐。）
Every man and woman at the meeting stated ***his*** opinion.（在會議中，每個男女都陳述他們的意見。）

練習 39

※ 改錯（沒有錯的不改）：

1. One should obey his parents.

____

2. Each boy and girl did their best to make it a success.

____

3. John and I will write their own essays（作文）.

____

4. This place is famous for his cherry blossoms（櫻花）.

____

5. Tom and Bill will do his own work tomorrow.

____

6. Everyone should do their part（盡本分）.

____

第 21 章 疑問句和否定句

Interrogative and Negative Sentence

120 疑問句發問種類

① 用 be 動詞發問 — Is he old?

② 用助動詞發問 — Can he work?

③ 用 do 發問 — Do you like him?

④ 用疑問代名詞發問 — Who is he?

⑤ 用疑問副詞發問 — When did you go?

121 用 be 動詞發問

【公式】 Be + 主詞 + 補語？

	He	is	a student.
Is	he		a student?

	He	was	a student.
Was	he		a student?

122 用助動詞發問

【公式】 助動詞 + 主詞 + 原形動詞… ？

	He	will	be	a doctor.
Will	he		be	a doctor?

	He	can	drive	a car.
Can	he		drive	a car?

123 用 do 發問

【公式】 Do (Does, Did) + 主詞 +原形動詞…？

	I	love	her.
Do	I	love	her?

	He	likes	coffee.
Does	he	like	coffee?

	He	studied	English.
Did	he	study	English?

【注意】 (1) 主詞為第三人稱單數用 does。
(2) 過去式用 did。
(3) 主要動詞一律用原形，不得加 s，ing，或 ed。

124 用疑問代名詞發問

① 做主詞的場合

【公式】 疑問代名詞 + 動詞…？

主　　詞	動　　詞	補語/受詞/修飾語
Who	studied	hard?
What person	did	this work?
What	happened	yesterday?
Which answer	is	correct?
Which	is	correct?
Whose book	is	this?
Whose	is	this?

【注意】 (1) who 指人，what 指物，which 和 whose 指人也指物。
(2) which，whose 還可以放在名詞前面，當形容詞，可指人或指物。

② 做動詞的受詞的場合

【公式】 疑問代名詞 + 普通問句⋯？

一般疑問句 / 疑問句	Did you see	them?
Whom	did you see?	
What work	did you do?	
What	did you do?	
Which book	are you going to buy?	
Which	are you going to buy?	
Whose pen	does she like?	
Whose	does she like?	

【注意】 疑問代名詞當動詞的受詞，字的排列次序和普通問句一樣，只是把它們放在句首。

③ 做介系詞的受詞的場合

【公式】 疑問代名詞 + 普通問句 + 介系詞

一般疑問句 / 疑問句	Did you go with	them?
Whom	did you go with?	
What	did you do it for?	
Which house	do you live in?	

【注意】 (1) 字的排列順序和普通問句一樣。

(2) 介系詞也可以放在句首，位置在疑問代名詞前。

125 用疑問副詞發問

【公式】 疑問副詞 + 普通問句…？

一般疑問句 ＼ 疑問句	Did you go?
When	did you go?
Where	are you going?
How	do you do?
Why	is he angry?

【注意】 (1) how 常常和 much，many，far 連用來發問。

【例】
How much does this cost?（這值多少錢？）
How many times have you been there?
（你去過那裡多少次？）
How far is it to the post office?
（從這裡到郵局有多遠？）

(2) 可用 at what time 來代替 when。

【例】 ***At what time*** (= When) will you go?（你要什麼時候去？）

126 回答方式

凡是由疑問代名詞或副詞發問的問句，回答時有兩種方法，一種是長的，一種是短的。

【問】 Who telephoned this afternoon?
（誰今天下午打電話來？）
【答】 ① John telephoned this afternoon.
（約翰今天下午打電話來。）
② John (*did*).（約翰。）

【問】 When did he telephone?（他何時打電話來？）
【答】 ① He telephoned at 2:30.（他兩點半打電話來。）
② At 2:30.（兩點半。）

【問】Where was he?（他在哪裡？）
【答】① He was at the office.（他在辦公室。）
② At the office.（在辦公室。）

【問】What are you doing?（你在做什麼？）
【答】① I'm studying.（我在讀書。）
② Studying.（讀書。）

【問】How long will it take you to finish?
（你需要多久才能完成？）
【答】① I hope I can finish by midnight.
（我希望我能在午夜前完成。）
② Till about midnight.（大約到午夜。）

127 附加問句

英文敘述句後面，可以附加一個短的問句，叫做附加問句。如果句子是肯定，附加問句就用否定，如果句子是否定，附加問句就用肯定。附加問句的形成須按照下面三個基本原則。

① 動詞是 be 動詞的場合

【例】John ***is*** here, ***isn't*** he?（約翰在這裡，不是嗎？）

【註】(1) 前面句子動詞是 be 動詞，後面也用 be 動詞。
(2) 前面動詞用現在式，後面也用現在式。
(3) 附加問句的動詞通常用縮寫。

isn't = is not	aren't = are not
wasn't = was not	weren't = were not

【例】We ***were*** late, ***weren't*** we?（我們遲到了，不是嗎？）

【例】John ***isn't*** here, ***is*** he?（約翰不在這裡，不是嗎？）

【註】因為前面是否定，後面問句用肯定。

【例】We weren't late, were we?（我們並沒遲到，不是嗎？）

【註】兩個動詞都用過去式。

② 動詞是助動詞的場合

【例】 You ***can*** drive a car, ***can't*** you?

（你會開車，不是嗎？）

【註】 (1) 只重覆助動詞，主要動詞不重覆。

(2) 附加問句中助動詞要縮寫。

can't = cannot　　couldn't = could not

shan't = shall not　　won't = will not

shouldn't = should not

wouldn't = would not

【例】
He will study hard, ***won't*** he?
（他會用功讀書，不是嗎？）
They ***are*** coming, ***aren't*** they?
（他們就要來了，不是嗎？）

【例】
You ***can't*** drive a car, ***can*** you?
（你不會開車，不是嗎？）
They ***have not*** left, ***have*** they?
（他們還沒有離開，不是嗎？）

【註】 前面是否定，後面附加問句用肯定。

③ 其他動詞的場合

【例】 He ***plays*** golf, ***doesn't*** he?（他會打高爾夫球，不是嗎？）

【註】 (1) 後面問句用 do 代替前面動詞。

(2) 第三人稱單數現在式用 does。

(3) 過去式一律用 did。

(4) 主要動詞不必重覆。

【例】
They ***work*** hard, ***don't*** they?
（他們努力工作，不是嗎？）
They ***went*** home, ***didn't*** they?
（他們回家了，不是嗎？）

【註】 動詞兩個都用現在式，或都用過去式。

【例】
He ***doesn't*** play golf, ***does*** he?
（他不打高爾夫球，不是嗎？）
They ***didn't*** go home, ***did*** they?
（他們沒有回家，不是嗎？）

【註】前面否定，所以後面用肯定。

128 否定句用法

否定句普通是用 not 來表示，而 not 的位置須照下面三條規則來決定。

① 動詞是 be 動詞的場合

not 是放在 am，is，are，was，were 後面。

He	is	a student.
He	is ***not***	a student.
He	***isn't***	a student.

② 動詞是助動詞的場合

not 須放在助動詞後面。

He	will	be	a student.
He	will ***not***	be	a student.
He	***won't***	be	a student.

He	is	working	here.
He	is ***not***	working	here.
He	***isn't***	working	here.

③ 其他動詞的場合

He		likes	coffee.
He	does ***not***	like	coffee.
He	***doesn't***	like	coffee.

He		liked	coffee.
He	did ***not***	like	coffee.
He	***didn't***	like	coffee.

【註】(1) 把原來的動詞變成〔do (does) + 動詞原形〕。
(2) 把 not 放在 do 或 does 後面。
(3) 過去式一律用 did not。

129 否定字放在句首

為了加強語氣，否定字 never，seldom，rarely，hardly，scarcely，not only，no sooner 通常放在句首。但在此種場合，主詞須放在 be 動詞或助動詞後面，形成倒裝。

① 動詞是 be 動詞或助動詞的場合

【普通】He is never honest.
(他從來不誠實。)

【加強】***Never is he*** honest.

【普通】He can scarcely write his name.
(他幾乎不會寫他的名字。)

【加強】***Scarcely can he*** write his name.

【普通】He had no sooner returned home than it rained.
(他一回到家，就下起雨了。)

【加強】***No sooner had he*** returned home than it rained.

② 其他動詞的場合

【公式】否定字 + do (does) + 主詞 + 原形動詞

【普通】He never speaks the truth. (他從不說實話。)

【加強】***Never does he*** speak the truth.

【普通】I seldom make mistakes. (我很少犯錯。)

【加強】***Seldom do I*** make mistakes.

【普通】He not only made a promise but he also kept it.
（他不僅許下諾言而且履行它。）

【加強】***Not only did he*** make a promise but he also kept it.
【註】因爲 made 是過去式，所以用 did。

練習 40

(A) 把下面的敘述句改爲疑問句：

【例】He is honest.
【答】Is he honest?

1. He began his job yesterday.
2. Tom is going to Taipei tonight.
3. She goes to work by bus.
4. They are playing bridge（玩橋牌）.
5. She told me the news.
6. His grade was the highest.
7. Mary went to the dance（舞會）with Tom.
8. It's far to the post office.
9. He pays $150 for his radio.
10. He will arrive at 11:30.
11. He closes the door.
12. He borrows this book from me.
13. They will mail（郵寄）the letter.
14. He must go for a walk（散步）.
15. Tom may go out for dinner tonight.

(B) 把下面的敘述句改爲否定句：

【例】He is honest.

【答】He is not honest.

1. It is a nice day.
2. They enjoy good movies.
3. Mary will play the violin（小提琴）.
4. They arrived last night.
5. He likes reading novels.
6. Tom usually goes home for lunch.
7. He bought her many gifts.
8. He can write compositions（作文）.
9. He will take his vacation in June.
10. He makes a good impression（印象）on me.
11. He lives in a dormitory（宿舍）.
12. He has been to America.
13. He is going to call on（拜訪）you.
14. There is a telephone in the room.
15. He wrote a letter to her.
16. Tom liked to watch television.
17. He has left for（前往）Hong Kong.
18. He paid his tuition（學費）.
19. He has a fifty-dollar bill（紙鈔）.
20. She went to the concert（音樂會）last night.

(C) 把下面句子的後面加上附加問句：

【例】She bought a new car.

【答】She bought a new car, didn't she?

1. He arrived at 12:30.
2. You are from Taipei.
3. This answer isn't correct.
4. He didn't bring my books today.
5. The bus stops here.
6. They won't return before Monday.
7. He doesn't work here.
8. It is almost time for dinner.
9. This is a nice day.
10. He prefers to travel by air（搭飛機）.
11. It will take two hours to get to the city.
12. He tells us the news.
13. We should go soon.
14. They have lived here for two years.
15. He wanted coffee.

(D) 把下面句中的否定字放在句首：

【例】He never tells lies.

【答】Never does he tell lies.

1. I have never heard such a thing.
2. She little knows what is in store（將要發生）for her.
3. She seldom realizes（知道）her mistakes.

4. He had hardly returned home when it rained.
5. He has rarely played cards（玩撲克牌）.

(E) 翻譯：

1. 誰是你的老師？
2. 這是誰的字典？
3. 現在是什麼時候？
4. 你要哪一張報紙？
5. 我應該把這本書交給誰？
6. 你什麼時候到達車站？
7. 爲什麼你要取笑（laugh at）他？
8. 你的朋友住在哪裡？
9. 你什麼時候起床（get up）？
10. 在夏天天氣是熱還是冷？
11. 什麼是你最喜愛的（favorite）季節（season）？
12. 爲什麼老師最喜歡春天？
13. 你喜不喜歡溜冰（skating）？
14. 冬天每天下雪嗎？
15. 你班上有多少學生？
16. 這本字典值多少錢？
17. 你昨天在英文功課（lessons）花了（spend on）多少時間？
18. 除了（besides）英文外，你在學校（at school）還讀些什麼科目（subject）？
19. 你明天什麼時候上學？
20. 你通常（usually）在什麼地方吃午餐？

常用錯的字
Words Often Misused

① **advise — advice**

advise 和 advice 都表「勸告」，但前者是動詞，後者是名詞。

【例】
He ***advised*** me to stop.（他勸我停止。）
He did not take my ***advice***.（他不接受我的勸告。）

② **affect — effect**

affect 和 effect 都表「影響」，但前者是動詞，後者是名詞。

【例】
Hot weather ***affects*** his health.
（熱天氣影響他的健康。）
Hot weather has no ***effect*** on his health.
（熱天氣對他的健康沒有影響。）

③ **agree to — agree with**

agree 表「同意」，to 後接物，with 後接人。

【例】
I cannot ***agree to*** his proposal.
（我不能同意他的提議。）
I do not ***agree with*** him.（我不同意他。）

④ **etc. — and so on**

etc. 和 and so on〔forth〕都表「等等」，但 etc. 前面不用加 and。

【例】
He has bought some apples, oranges, ***etc***.
（他買了蘋果，柳橙等等。）
He has bought some bananas, grapes, ***and so on***.
（他買了香蕉，葡萄等等。）

⑤ **angry at — angry with**

angry 表「發怒；生氣」，at 後接物，with 後接人。

【例】
He was ***angry at*** my words.（他對我說的話生氣。）
He was ***angry with*** me.（他生我的氣。）

⑥ **await — wait**

await 和 wait 都表「等候」，但前者是及物動詞，後者是不及物動詞，後面接 for。

【例】
He ***awaits*** you.（他等你。）
= He ***waits for*** you.

⑦ **because — that**

the reason 後不可用 because，須用 that。

【誤】The reason I did not come is *because* I was sick.
【正】The reason I did not come is ***that*** I was sick.
（我沒有來的原因是因為我生病了。）

⑧ **beside — besides**

beside 表「在～旁邊」，besides 表「除了～之外」。

【例】
I sat ***beside*** him.（我坐在他旁邊。）
Besides Tom, there is also Henry.
（除了湯姆之外，還有亨利。）

⑨ **between — among**

between 指「兩者之間」，among 指「三者（以上）之間」。

【例】
I will come ***between*** twelve and one o'clock.
（我會在十二點和一點之間來。）
He divided the apples ***among*** the three boys.
（他把蘋果分給三個男孩。）

⑩ born — borne

born 和 borne 都是 bear 的過去分詞，但意義卻不同。born 表「出生」，borne 表「忍受」。(borne 表「生」只用於完成式)

【例】
He was ***born*** in 1994.（他是一九九四年出生的。）
Troubles must be ***borne***.（痛苦必須忍受。）

⑪ borrow — lend

borrow 是向別人借，lend 是借給別人。

【例】 I want to ***borrow*** the book. Will you ***lend*** it to me?
（我想借這本書。你肯借給我嗎？）

⑫ breath — breathe

breath 和 breathe 都表「呼吸」，但前者是名詞，後者是動詞。

【例】 One should ***breathe*** deeply and get the full benefit of every ***breath***.
（人應該做深呼吸，並且充分獲得每一口呼吸的益處。）

⑬ bring — take

bring 表「拿來」，take 表「拿走」。

【例】
When you come home, ***bring*** the letter.
（你回家的時候，把信帶回來。）
When you go home, ***take*** this letter with you.
（你回家的時候，把這封信帶走。）

⑭ city — town

按照習慣用法，city 前加冠詞 the，town 前不加。

【例】
We go to ***town*** but they go to ***the city***.
（我們去城鎮但他們去都市。）
We live in ***town*** but they live in ***the city***.
（我們住在鎮上，但他們住在都市裡。）

⑮ **climate — weather**

climate 指氣候，weather 指天氣。

【例】
The *climate* of Taiwan is enjoyable.
（台灣的氣候十分宜人。）
It is fine *weather* today.
（今天天氣很好。）

⑯ **consist of — consist in**

consist of 表「由～組成」，consist in 表「在於」(= *lie in*)。

【例】
The jury *consists of* twelve men.
（陪審團由十二人組成。）
Happiness *consists in* contentment.
（快樂在於知足。）

⑰ **differ from — differ with**

differ from 表「和～不同」，differ with 表「意見不同於」。

【例】
The moon *differs from* the sun.
（月亮和太陽不同。）
I *differ with* you on that point.
（關於那一點，我和你意見不同。）

⑱ **due to — because of**

due to 和 because of，on account of 都表「因為」，且都當介系詞用，但 due to 引導的通常是形容詞片語，放在 be 動詞後；而 because of 和 on account of 所引導的通常是副詞片語。

【例】
His success is *due to* diligence.
（他的成功是因為勤奮。）
He succeeded *because of*〔*on account of*〕diligence.
（他成功是因為勤奮。）

⑲ **each other — one another**

each other 指「兩人間的互相」，one another 指「三人以上之間的互相」。但美語已經不分。

【例】
My sister and I always help ***each other***.
（我妹妹和我一直互相幫助。）
All of us understand ***one another***.
（我們大家互相了解。）

⑳ **elder — older**

elder 指人長幼的次序，older 指年紀較大。前者不能做比較，後者卻能比較。

【例】
My ***elder*** brother is now in America.
（我的哥哥現在在美國。）
He is ***older*** than you.（他年紀比你大。）

㉑ **farther — further**

farther 和 further 都是 far 的比較級，但前者指實際距離，表「較遠」，後者指程度，表「更進一步」。

【例】
I can go no ***farther***.（我再也走不動了。）
We discussed the matter ***further***.
（我們更進一步討論那問題。）

㉒ **hanged — hung**

hanged 和 hung 都是 hang 的過去式和過去分詞，但意義卻不同，前者表「絞死」，後者表「懸掛」。

【例】
The criminal was ***hanged***.
（那罪犯被絞死了。）
She ***hung*** the picture on the wall.
（她把畫掛在牆上。）

㉓ healthy — healthful

healthy 表「健康的」，healthful 表「有益健康的；滋養的」。

【例】
I am as ***healthy*** as ever. （我依舊很健康。）
Milk is ***healthful*** to health.
（牛奶有益健康。）

㉔ its — it's

its 表「它的」，it's 是 it is 的縮寫。

【例】
The book has lost ***its*** cover.（書的封面不見了。）
It's a long way to go.（要走的路很長。）

㉕ large — great

large 指面積的龐大，great 指長度，深度，寬度，高度，距離的龐大。

【例】
In a ***large*** room the ***distance*** from one end to another is ***great***.
（大房間裡，從一邊到另一邊的距離很大。）
A ***large*** building usually has ***great height***.
（大房子通常高度很高。）

又 great 指抽象的龐大。

【比較】
He is a ***large*** man.（他是一個大塊頭。）
He is a ***great*** man.（他是一個偉人。）

㉖ later — latter

later 表「較晚」，latter 表「後者（的）」。

【例】
He comes to work ***later*** than Helen.
（他比海倫晚來工作。）
The ***latter*** girl is more honest.
（後一個女孩比較誠實。）

㉗ like — be like

like 是動詞，表「喜歡」，be like 表「像」。

【例】
He *likes* his father.（他喜歡他父親。）
He *is like* his father.（他像他父親。）

㉘ lay — lie

lay 表「放；下蛋」，過去式是 laid，過去分詞是 laid。lie 表「躺」，它的過去式是 lay，過去分詞是 lain。lay 是及物動詞，後面接受詞，並可用於被動，lie 是不及物動詞，後面不接受詞。

【例】
He *lay* on the bed.（他躺在床上。）
I *lay* the pillow on the bed.
（我把枕頭放在床上。）
The hens *laid* 80 eggs last month.
（上個月那些母雞下了八十顆蛋。）

㉙ less — fewer

less 和 fewer 都表「較少」，但前者接不可數名詞，後者接可數名詞。

【誤】She has *less* books than I.
【正】She has ***fewer*** books than I.（她的書比我少。）

㉚ like — as

like 和 as 都表「像」，但前者是介系詞，接名詞或代名詞，後者是連接詞，接子句。

【例】
He looks ***like*** an old man.（他看起來好像是老人。）
He does ***as*** he pleases.（他任意行動。）

㉛ listen — hear

listen 表「聽」，hear 表「聽見」。

【例】I ***listened*** carefully but did not ***hear*** her name.
（我仔細聽著，但是沒有聽見她的名字。）

㉜ many — much

many 和 much 都表「多」，但前者接複數名詞，後者接不可數名詞。

【誤】There are *much* people there.
【正】There are ***many*** people there.（那邊有許多人。）

㉝ may be — maybe

may be 和 maybe 都表「也許」，但前者是動詞，後者是副詞。

【例】He ***may be*** honest.（他也許誠實。）
Maybe he is honest.（也許他是誠實的。）

㉞ outdoor — outdoors

outdoor 和 outdoors 都表「戶外」，但前者是形容詞，後者是副詞。

【例】Tom likes ***outdoor*** games.（湯姆喜歡戶外運動。）
The boys are playing ***outdoors***.（男孩們在戶外玩。）

【註】indoor 和 indoors 的區別方式同上。

㉟ outside of — outside

【例】He is ***outside of*** the house.
= He is ***outside*** the house.（他在房子外面。）

【註】outside of 是口語用法，其中 outside 是副詞，第二句的 outside 是介系詞。

㊱ people — peoples

people 指一國內的人民，永遠是複數，peoples 指數國的人民，表「民族」。

【例】There are many ***people*** in the park.
（公園裡有許多人。）
There are many ***peoples*** in Asia.
（亞洲有許多民族。）
We Chinese are a peace-loving ***people***.
（我們中國人是愛好和平的民族。）

㊲ prophecy — prophesy

prophecy 和 prophesy 都表「預言」，但前者是名詞，後者是動詞。

【例】
She has the gift for ***prophecy***.
（她有預言的天才。）
He ***prophesies*** war.
（他預言會發生戰爭。）

㊳ raise — rise

raise 是及物動詞，表「舉起」，rise 是不及物動詞，表「升起」。

【例】
The girl ***raised*** her hand.（那女孩舉起手。）
The sun ***rose***.（太陽升起。）

㊴ respectable — respectful

respectable 表「令人尊敬的」，respectful 表「尊敬人的」。

【例】
A ***respectable*** man is one who is worthy of being ***respected***.
（一個令人尊敬的人就是一個值得受尊敬的人。）
We should be ***respectful*** to our teachers.
（我們應該尊敬我們的老師。）

㊵ shined — shone

shined 和 shone 都是 shine 的過去式和過去分詞，但前者表「擦亮」，後者表「照耀」。

【例】
He ***shined*** his shoes.（他擦鞋。）
The sun ***shone*** brightly.
（太陽燦爛地照耀著。）

㊶ sick of — sick with

sick of 表「討厭」，sick with 表「患病」。

【例】
Tom is ***sick of*** life.（湯姆厭世。）
She is ***sick with*** a cold.（她患感冒。）

㊷ some — somewhat

some 和 somewhat 都表「有些」，但前者是形容詞，後者是副詞。

【誤】He is *some* better today.
【正】He is ***somewhat*** better today.（他今天病況稍微好一些。）

㊸ speak — say — tell — talk

(a) speak 指口中說出語言的意思，表「說話」。

【例】***Speak*** more slowly.（說得再慢些。）

(b) say 指用言語發表自己的意思，表「說」。

【例】He ***said***, "I am tired."
He ***said*** that he was tired.（他說他很累。）

(c) tell 指把自己的意思傳達給別人，表「告訴」。所以它後面一定有兩個受詞，一個指人，一個指物。

【例】He ***told*** me that he was tired.（他告訴我他很累。）
He ***told*** me his identity.（他告訴我他的身份。）

(d) talk 指繼續地說話，所以和 speak 略有不同，表「說話；談天」。

【例】A child learns to ***talk***.（小孩學說話。）
He was ***talking*** with a friend.（他和朋友談天。）

㊹ tall — high

tall 和 high 都表「高」，但前者只能指人或細長的東西如桿、柱、煙囪等的高度；後者指一般普通東西的高度。high 的相反是 low；tall 的相反是 short。

【誤】He is *higher* than I.
【正】He is ***taller*** than I.（他比我高。）

㊺ tired of — tired with

tired of 表「厭倦」，tired with 表「因～疲倦」。

【例】She is ***tired of*** his husband.（她厭倦她的丈夫。）
He is ***tired with*** walking.（他因走路而疲倦。）

㊻ university — college

按照普通用法，university 前須加冠詞 the，college 前不加。

【例】
- I hoped to go to ***college***.（我希望進大學。）
- I go to ***the university***.（我上大學。）

㊼ uninterested — disinterested

uninterested 表「無興趣的」，disinterested 表「公正的」。

【例】
A judge must be ***disinterested*** in a case, but he should not be ***uninterested***.
（法官對案件必須公平，但他不應缺乏興趣。）

㊽ uneasy — not easy

uneasy 表「不舒適的；焦慮的」，not easy 表「不容易的」。

【例】
- I feel ***uneasy*** in tight clothes.
（穿太緊的衣服讓我感覺不舒適。）
- The work is ***not*** so ***easy*** as I thought.
（那工作沒有我想像中那樣容易。）

㊾ well — good

well 和 good 都表「好」，但前者是副詞，後者是形容詞。不過，well 也可當形容詞用，表「身體健康的」。

【例】
- His speech is ***good***.（他的演說很好。）
- He spoke ***well***.（他說得很好。）
- I hope he is ***well***.（我希望他身體健康。）

㊿ wrong — wrongly

wrong 可以當形容詞也可以當副詞。當副詞用，它通常是放在動詞後面；放在動詞前面時，須用 wrongly。

【例】
- He pronounced the word ***wrong***.（他唸錯那個字了。）
- This is a ***wrongly*** pronounced word.
（這是一個唸錯的字。）

⑤① you aren't — you're not

這兩個字都是 you are not 的縮寫，但 you're not 比 you aren't 通用。不過，動詞放在主詞前面的時候，就須用 aren't you。在正式的寫作上，就須用 you are not 與 are you not。

⑤② everyday — every day

everyday 表「日常的」，是形容詞，every day 表「每天」，是副詞。

【例】
This is an ***everyday*** word.
（這是一個平日常用的字。）
He works hard ***every day***.
（他每天努力工作。）

練習 41

(A) 選擇：

1. Tom (may be, maybe) a liar.
2. He is (some, somewhat) angry (at, with) me.
3. He doesn't agree (to, with) my plan.
4. He will not (advice, advise) me to go.
5. Please (raise, rise) your hand.
6. He (hung, hanged) his hat on the wall.
7. Tom is (older, elder) than she.
8. The weather does not (affect, effect) my health.
9. Students should be (respectable, respectful) to their teachers.

10. There is (many, much) sugar on the table.
11. They have (less, fewer) money than we.
12. I divided the money (between, among) the two boys.
13. Don't (listen to, hear) the song.
14. The (weather, climate) is bad today.
15. (Beside, Besides) English, I also learn French.
16. We cannot walk any (farther, further).
17. The two boys fought with (each other, one another).
18. He ate fruit, cakes, (and so on, and etc).
19. They were walking (outside, outside of) the house.
20. It's said that the Chinese and the Japanese are peace-loving（愛好和平的）and industrious（勤奮的）(people, peoples).
21. He got up (later, latter) than I.
22. He was (born, borne) on May 5 in 1993.
23. I will (borrow, lend) ten dollars from him.
24. They live in (the town, the city).
25. He graduated from (college, university).
26. It is (not easy, uneasy) to do it.
27. He slept (well, good) last night.
28. He is (like, as) his brother.
29. He does (like, as) I told him.
30. I (don't like, am not like) to eat apples.

31. I (lay, laid) down to sleep.
32. I (lay, laid) it there yesterday.
33. I have (lain, laid) it there many times.
34. He was angry (at, with) my words.
35. The reason he was absent is (that, because) he was sick.
36. Gold differs (from, with) silver in value（價値）.
37. My failure is (due to, because of) carelessness.
38. The dog lost (its, it's) legs.
39. They are playing (outdoor, outdoors).
40. He is sick (of, with) tuberculosis（肺結核）.
41. They (say, speak, tell, talk) that they will leave soon.
42. He (said, spoke, talked, told) me the news.
43. He can (speak, say, talk, tell) English fluently（流利地）.
44. He is much (taller, higher) than I.
45. I go there (everyday, every day).

(B) 翻譯：

1. 我不能接受（take）他的勸告（advice）。
2. 他要躺在床上。
3. 他把書放在桌子上。
4. 他說他不會說英文。
5. 我不願意和他談天。
6. 他走路像一個老年人。
7. 我們應該尊敬長輩（elders）。

8. 他討厭那故事。
9. 我發燒（fever）。
10. 我聽見他說英文。
11. 她常常對我生氣。
12. 我不同意他的提議（proposal）。
13. 那女孩在屋外讀英文。
14. 他失敗（fail）的原因是因爲他不努力工作。
15. 他喜歡看報紙、小說（novel）等等。（用 etc.）
16. 三個男孩互相幫助。
17. 不要把書借給他。
18. 他像他的父親。
19. 他在大學讀書。
20. 她英文說得很好。
21. 她有許多時間讀法文。
22. 他的書比我少。
23. 老師把書分給兩個男孩。
24. 我沒有哥哥。
25. 中美人民應互相合作（cooperate with）。
26. 他的病（illness）是因爲疏忽（carelessness）。
27. 他因爲疏忽而生病。
28. 他每天很早起床。
29. 他不喜歡戶外運動（games）。
30. 他出生於一九八九年七月十日。

練習解答

練習 1

1. house (普), stone (物)
2. stone (普), dog (普)
3. Taipei (專), capital (普), Taiwan (專)
4. John (專), Henry (專)
5. iron (物), gold (物)
6. love (抽)
7. anger (抽), father (普)
8. class (集), game (普)
9. family (集)
10. Mary (專), water (物)

練習 2

1. niece
2. hen
3. widower
4. actress
5. hostess
6. bridegroom
7. heroine
8. ox
9. spokeswoman
10. queen
11. princess
12. mistress
13. tigress
14. madam
15. gentleman
16. she-goat
17. daughter
18. grandmother
19. maidservant
20. mother-in-law

練習 3

(A)
1. teeth
2. radios
3. potatoes
4. stories
5. sheep
6. men
7. roofs
8. leaves
9. months
10. deer
11. churches
12. chiefs
13. monkeys
14. mice
15. geese
16. flies
17. pianos
18. wolves
19. fishes
20. people
21. knives
22. tomatoes
23. pictures
24. desks
25. countries
26. glasses
27. foxes
28. Chinese

29. brushes 30. families 31. feet
32. handkerchiefs 33. days 34. brothers-in-law
35. children

(B) 1. *is* → ***are*** 2. *are* → ***is*** 3. *deers* → ***deer***, *sheeps* → ***sheep***
4. *dozens* → ***dozen*** 5. *is* → ***are*** 6. 沒錯
7. *tooth* → ***teeth*** 8. *are* → ***is*** 9. *thousands* → ***thousand***
10. *is* → ***are*** 11. *are* → ***is*** 12. *is* → ***are***

練習 4

(A) 1. He lives at his friend's.
2. The roof of the house is new.
3. John's hat is on the table.
4. Tom is a friend of my father's.
5. The lesson for today (Today's lesson) is very difficult.
6. We have a week's holiday.
7. The leaves of the tree are red.
8. The price of the book is very low.
9. John's younger brother likes the gate of the house.
10. Both John's and Mary's books were stolen.

(B) 1. *John* → ***John's***
2. *The house's walls* → ***The walls of the house***
3. 沒錯
4. *the newspaper of today* → ***today's newspaper***
5. *the book's cover* → ***the cover of the book***
6. *Tom's* → ***Tom***
7. *barber* → ***barber's***
8. *Tom* → ***Tom's***
9. *This school's principal* → ***the principal of this school***
10. *Tom* → ***Tom's***

練習 5

(A) 1. He is taller than I.
2. It is raining.
3. It is snowing.
4. He called on her yesterday.
5. Who is he?
6. "What time is it now?"
"It is three o'clock."

(B) 1. *I* → ***me*** 2. *they* → ***them*** 3. → ***You, he and I…***
4. *he* → ***him*** 5. *me* → ***I*** 6. *them* → ***they***
7. *her* → ***she*** 8. *me* → ***I*** 9. *her* → ***she***
10. *her* → ***she*** 11. *I* → ***me*** 12. *we* → ***us***
13. *I* → ***me*** 14. *she* → ***her*** 15. *them* → ***they***

練習 6

(A) 1. *I* → ***mine*** 2. *she* → ***hers*** 3. *me* → ***mine***
4. *her* → ***hers*** 5. *my* → ***mine***, *your* → ***yours***
6. *he* → ***his***

(B) 1. This book is mine, not yours.
2. He is a friend of ours.
3. His money is less than hers.
4. Her dress is not so new as mine.
5. My hands are as long as theirs.
6. I saw an uncle of hers.
7. "Are those pens yours?" "No, they are theirs."

練 習 7

(A) 1. I myself saw that man.
2. He cut himself.
3. They must help themselves.
4. He cannot see his own mistakes.
5. She has a dictionary of her own.
6. You should not disgrace yourself.
7. We can do that work ourselves.
8. She herself may go to see him.
9. She made her own dress.
10. They themselves think so.

(B) 1. *myself* → ***my own*** 2. *me* → ***myself***
3. *ourselve's* → ***our own*** 4. *myself* → ***I***
5. *itself* → ***himself***

練 習 8

(A) 1. This is a book, but that is a pencil.
2. These are hers, but those are his.
3. We started on the same day.
4. He has many friends, such as Tom, John, and Henry.
5. He is so kind that I like him very much.
6. He is such a kind man that all of us welcome him.
7. I do no like such a man as he.
8. He will not do such work.
9. Those who wish to go abroad must learn English.
10. Those who work hard will succeed.
11. The cover of this book is more beautiful than that of the dictionary.
12. The hare's ears are longer than those of the dog.

練習 9

(A) 1. *some* → ***any*** 2. *any* → ***some***
3. *some* → ***any***, *any* → ***some*** 4. *something* → ***anything***
5. 沒錯 6. *some* → ***any*** 7. *some* → ***any***
8. *some* → ***any***

(B) 1. any 2. any 3. any 4. some, any
5. anybody 6. Anybody 7. anybody's 8. some
9. some 10. Any

練習 10

(A) 1. I have two brothers. One is a student and the other is a soldier.
2. One should love one's parents.
3. One should not tell a lie.
4. The two men quarrel(l)ed with each other〔one another〕.
5. Students should help one another〔each other〕.
6. I don't like this book; give me another〔an other〕.
7. He has three dogs. One is small and the others are large.
8. None of the girls like(s) me.
9. Give me another, not this one.
10. None of the boys can do this work.

(B) 1. 沒錯 2. *his* → ***one's*** 或不改 3. *other* → ***others***
4. 沒錯

(C) 1. one's 2. one 3. ones 4. None 5. another
6. others 7. each other〔one another〕
8. one another〔each other〕

練習 11

(A) 1. Each of them wants to try.
2. Each one has a chance of his own.
3. Either of the two men is my brother.
4. Neither of the two men is a teacher.
5. I want to go, too.
6. He does not want to go, either.
7. Neither girl is honest.
8. He did not come, either.
9. Several of the boys are sick.
10. Several boys are playing football.

(B) 1. *are* → ***is*** 2. *is* → ***are*** 3. *their* → ***his***
4. *Neither* → ***None*** 或 *three* → ***two*** 5. *too* → ***either***

練習 12

(A) 1. Who is speaking English?
2. Whose dictionary is on the table?
3. Whom did you meet?
4. Whom are you fond of?
5. What are you?
6. What do you want?
7. Which do you like better, tea or coffee?
8. Which man did you see?
9. He asked me what I was doing.
10. You know which book he likes.
11. I do not know what he is.
12. Who do you think is studying English?

(B) 1. *Whom* → ***Who*** 2. *is he* → ***he is*** 3. *are they* → ***they are***
4. *has he* → ***he has*** 5. *does he like* → ***he likes***

練習13

(A) 1. which 2. who 3. whom 4. who 5. that
6. whom 7. that 8. which 9. that 10. who
11. whom 12. whom

(B) 1. whom 2. that 3. whom 4. whose 5. whom
6. whose 7. which 或 that 8. whose 9. who 10. whom
11. whose 12. which 13. What 14. what 15. but
16. as 17. that 18. that 19. What 20. who

(C) 1. The picture which you drew is good.
2. The girl who wears a red dress is my sister.
3. He is the bravest boy I have ever seen.
4. The man whom we talked about is sick.
5. The man who can speak English is my teacher.
6. The man whom you called on yesterday is my uncle.
7. The book which is on the table is mine.
8. The man whose hair is red is John.
9. The man whose father is dead is very honest.
10. The house whose walls are white is hers.
11. This is the girl who wants to see you.
12. This is the girl whom you want to see.
13. This is the table which I bought yesterday.
14. This is the dog which bit him yesterday.
15. This is the best dictionary that I have ever had.

練習14

(A) 1. *much* → ***many*** 2. *few* → ***little*** 3. *Few* → ***Little***
4. *many* → ***much*** 5. *a little* → ***little***

(B) 1. I am glad that I have a little time to study English.
2. I am sorry that I have so few books.
3. He has much money to buy books.
4. There are many people in the room.
5. There are many flowers in the park.

練習 15

(A) 1. thinner, thinnest 2. prettier, prettiest
3. busier, busiest 4. wiser, wisest
5. hotter, hottest 6. more famous, most famous
7. worse, worst 8. less, least
9. more careful, most careful 10. better, best
11. more, most 12. more, most

(B) 1. She is more beautiful than Mary.
She is the most beautiful of all.
2. The boy is worse than Tom.
The boy is the worst of all.
3. He is less honest than you.
He is the least honest of all.

(C) 1. *me* → ***I*** 2. *strongest* → ***the strongest***
3. *any* → ***any other*** 4. *strongest* → ***stronger***
5. *her* → ***she*** 6. *best* → ***the best*** 7. *most* 刪去
8. *best* → ***better*** 9. *older* → ***oldest*** 10. *taller* → ***tall***

(D) 1. I am braver than he. 2. John is as brave as I.
3. Mary is not so brave as I. 4. I am the bravest of all.
5. You are less honest than John.
6. You are the most honest student in the class.
7. He is happier than any other man.
8. He is the happiest man in the world.
9. But he is not so happy as I.
10. Which do you like better, beef or pork?

練習16

(A) 1. a, the 2. the 3. the 4. the, × 5. a
6. ×, × 7. The 8. × 9. The 10. × 11. The
12. × 13. The 14. × 15. The 16. ×
17. the 18. × 19. The 20. ×, × 21. The〔A〕
22. × 23. × 24. × 25. an 26. The, a 27. ×
28. The 29. The, the 30. ×

(B) 1. 兩個 *the* 都刪去 2. *the telegram* → ***telegram***
3. *a* 刪去 4. *Tea* → ***The tea*** 5. *the* 刪去
6. *the* 刪去 7. *the* 刪去 8. *a half* → ***half an***
9. *The* 刪去 10. *the* 刪去 11. *The* 刪去 12. *the* 刪去
13. *The father and the son* → ***Father and son***
14. *the* 刪去 15. *Reader's Digest* → ***the Reader's Digest***

(C) 1. Friendship is necessary to us.
2. The friendship between Mary and me is pure.
3. Cotton is a useful thing.
4. The cotton of America is exported.
5. Students should love their country.
6. The students of our school want to take a trip.
7. I go to school every day.
8. I went to the school to see my classmates.
9. I study English before breakfast.
10. I like autumn.
11. The Yantze River is the longest river in China.
12. The Carters called on you yesterday.
13. The people of the Republic of China love peace.
14. I like writing〔to write〕letters.
15. The letters on the table are mine.

練習 17

1. He always keeps his word.
2. He is always kind to others.
3. He usually gets up at six o'clock.
4. He is usually sympathetic to me.
5. He seldom calls on his teachers.
6. He is seldom angry with others.
7. He will never succeed in his work.
8. He may seldom make mistakes.
9. He can usually pass the examination.
10. I saw him in the park at three o'clock yesterday.
11. He still hasn't got his reward.
12. I like the boy very much.
13. I like the boy who tells the truth very much.
14. He returns home regularly twice a month.
15. He will surely finish his writing on time.

練習 18

(A) 1. well 2. very 3. No 4. late 5. very 6. high
7. hard 8. nearly 9. very 10. much 11. well

(B) 1. *late* → ***lately*** 2. *No* → ***Yes*** (或 *is* → ***isn't***)
3. *hardly* → ***hard*** 4. *very* → ***much***
5. *gets up always* → ***always gets up***
6. *enough strong* → ***strong enough***
7. *good* → ***well*** 8. *careful* → ***carefully***
9. *very* → ***much*** 或 ***very much***
10. to the station 放在 at seven o'clock 之前

(C) 1. Why does he want to go to Taipei?
2. When will he finish his work?
3. Where will he go?
4. How can he speak English?
5. I don't know the time when he will take breakfast.
6. I want to ask him the reason why he failed.
7. Do you know the place where he lives?
8. No one knows the way〔*how*〕he learns English.
9. I do not know how to write a composition.
10. I ask him when he will start.

練習 19

(A) 1. delicious 2. sweet 3. honest 4. brave
5. angrily 6. happy

(B) 1. *beautifully* → ***beautiful*** 2. *harshly* → ***harsh***
3. *happily* → ***happy*** 4. *deliciously* → ***delicious***
5. *hungrily* → ***hungry*** 6. *warmly* → ***warm***

(C) 1. I wrote a letter to him. 2. He sent a present to me.
3. He bought an apple for me.
4. I taught English to him. 5. He told a story to me.

(D) 1. We elected him president. 2. I make her happy.
3. She looks very beautiful.
4. The rose smells very fragrant.
5. Father grows very old. 6. The milk tastes sour.
7. The music sounds sweet.
8. He sent me a present.〔He sent a present to me.〕
9. He bought me a dictionary.
〔He bought a dictionary for me.〕
10. I saw him take a walk in the park.

練習 20

1. broke, broken 2. brought, brought 3. took, taken
4. slept, slept 5. studied, studied 6. played, played
7. spent, spent 8. told, told 9. stopped, stopped
10. planned, planned 11. fought, fought
12. occurred, occurred 13. omitted, omitted
14. shook, shaken 15. knew, known 16. cost, cost
17. read, read 18. spread, spread 19. cut, cut
20. preferred, preferred 21. left, left 22. sold, sold
23. wrote, written 24. shut, shut 25. sang, sung

練習 21

(A) 1. He gets up at six o'clock in the morning every day.
2. The earth moves around the sun.
3. He will start for America tomorrow.
4. The train leaves at seven o'clock tomorrow.
5. The contest begins at 8:30 tomorrow.
6. He went to call on you yesterday.
7. He used to take a walk in the park.
8. He used to exercise before breakfast.
9. I will write you a letter.
10. He will read this novel.
11. They are going to take a trip next week.
12. I am going to have some coffee.
13. Will you please buy a book for me?
14. Will you tell me his address?

15. Father, would you let me go to the movies?
16. He won't〔will not〕accompany me to the park.
17. If I have money, I will buy a dictionary.
18. If he has time, he will visit the museum.

(B) 1. He is going to travel by train.
2. I am going to fly to Hong Kong.
3. They are going to telephone you in the morning.
4. It is going to rain soon.
5. He is going to succeed in his work.

練習 22

(A) 1. *has* 刪去　2. *have* 刪去　3. *come* → ***been***
4. *has he left* → ***did he leave***　5. *have* 刪去
6. *gone* → ***been***　7. *gone* → ***been***
8. *has he won* → ***did he win***　9. *have* 刪去
10. *thought* → ***have thought***

(B) 1. I have been to America twice, so I can speak English.
2. He has gone to the station, so we cannot see him.
3. I have already finished my homework.
4. He has just returned home.
5. He read the newspaper just now.
6. He has come to the school to see his teacher recently.
7. He has been here several times.
8. I have written many books this year.
9. He has never come to see me since he returned from America.
10. I have not been to Kaohsiung since I came to Taiwan.
11. He has done this work for five years.
12. I have studied English for ten years.

練習23

1. Before I left Japan, I had studied English for three years.
2. After I had seen her, I returned home.
3. He had been sick for three days when we sent for the doctor.
4. He told me that his father had returned home.
5. He said that he had been to America.
6. I knew him at once because I had seen him before.
7. When he came, I had finished my homework.
8. I lost the book I had borrowed from him.
9. After I had returned home, it began to rain.
10. When I reached the school, the bell had already rung.

練習24

1. I will finish my homework soon.
2. I will have finished my homework by this time tomorrow.
3. He will return to his country soon.
4. By the time you graduate from college, he will have returned to his country.
5. I will meet my parents.
6. I shall have met my parents by six o'clock.

練習25

1. He is learning Japanese.
2. He has been doing his homework all the afternoon.
3. When we arrived, he was having breakfast.
4. I am going to Taipei next week.

5. He is visiting the zoo tomorrow.
6. She is going to the movies tonight.
7. When we arrived at〔reached〕the station, the train was leaving.
8. When we started, it was raining hard〔heavily〕.
9. When I reached the park, she had been waiting for me for an hour.
10. He has been studying English since last year.

練習 26

(A) 1. Paul was beat〔beaten〕by John.
2. His debt was paid by him.
3. A letter will be written by me.
4. I will be visited by him.
5. His lesson has been finished by him.
6. A fish has been caught by me.
7. A present is given him by me.
8. A letter was sent to me by him.
9. He was elected president by them.
10. Let it never be mentioned again.
11. By whom was that book written?
12. What was seen by him?
13. Is the letter written by him?
14. English is being taught by him.
15. I may be laughed at by him.
16. The house can be built by them.
17. Their homework is being done by them.
18. The book is being translated by him.

(B) 1. Chemistry interests him.
2. You must do the thing at once.
3. Do they speak English in that country?
4. He will punish me.
5. They saw him enter the house.
6. I am reading the novel.
7. The dog has bitten him.
8. Father has punished me.
9. We will invite some of his friends.
10. Who wrote this novel?
11. Do they sell salt by the pound?
12. I told him the story.
13. Tom taught him English.
14. We are building a house.
15. They may see us.
16. The nurse is looking after him.

(C) 1. He will be blamed by his teacher.
2. We will be laughed at by others.
3. You may be elected chairman.
4. He has been employed by others.
5. We have been despised by others since last year.
6. You have been watched by others all the afternoon.
7. This work is being done by me.
8. The house is being built by him.
9. The boy is being punished by his teacher.
10. I will be transferred to another duty.

練習27

(A) 1. *was* → ***were*** 2. *am* → ***were*** 3. *was* → ***were***
4. *will rain* → ***rains*** 5. *had* 刪去 6. *can* → ***could***
7. *is* → ***were*** 8. *is* → ***were*** 9. *were* → ***had been***
10. *is* → ***were***

(B) 1. were 2. could 3. were 4. were 5. live
6. had been 7. had had 8. were 9. had
10. would have succeeded

(C) 1. had 2. were 3. knew 4. would 5. were
6. had gone 7. be 8. have 9. studied
10. had studied 11. had been 12. had had
13. would have caught 14. would have come

(D) 1. If it rains tomorrow, we will〔shall〕not go to the beach.
2. If he arrives on time, he can go with us.
3. If I were he, I would do that work.
4. If he could fly, he would go to see you.
5. He wish he could read more books.
6. He speaks as if he were our teacher.
7. I wish I could speak English better.
8. I suggest that he help us.
9. I insist that he get up early.
10. He acts as though he knew everything.
11. If I had known him, I would have called on him yesterday.
12. If I had been you, I would have gone to America last week.
13. If he had had time, he would have told you the news yesterday.
14. If I am free next week, I will call you up.
15. If she should be here, she will〔would〕help us.
16. If he should work hard, he will〔would〕be promoted.

練習 28

(A) 1. *to* 刪去 2. *needs not to do* → ***need not do***

3. *to* 刪去 4. *to* 刪去 5. *to listen* → ***listen***

6. *become* → ***to become*** 7. *studied* → ***study***

8. *attend* → ***to attend*** 9. 沒錯 10. *to* 刪去

11. *to* 刪去 12. *to* 刪去

(B) 1. to be studying 2. to be repaired

3. to have left 4. to have been laughed

5. to be doing

(C) 1. I saw him attend the meeting.

2. I heard him laugh at Tom.

3. I felt the earth shake.

4. I had him complete the exercise.

5. I made him send the letter.

6. He did nothing but go to the movies.

7. He cannot but take my advice.

8. He had better stay at home.

9. He would rather play than go to school.

10. He need not lie on the grass.

11. He dare not raise his hand.

12. It is good of you to invite me to dinner.

練習 29

(A) 1. Seeing her, I cried with joy.

2. Having finished the work, he left at once.

3. Having spoken to her, he was very happy.

4. Walking down the street, we met him.

5. Having been seen by her, he had to admit everything.
6. Being tired, I could not go.
7. Having no money, he stopped buying the book.
8. It being a fine day, I took a walk there.
9. The work (*being*) completed, we felt happy.
10. The men standing at the door are our relatives.
11. The day, having been a sad one, finally ended.
12. The boy blamed by his mother cried loudly.

(B) 1. Generally speaking, man is stronger than woman.
2. Strictly speaking, we should not tell lies.
3. Seeing me, the thief ran away.
4. It being a Sunday, we had no class.
5. Having eaten my supper, I went to the movies.
6. Having done my homework, I went out for a walk.
7. Walking down the street, I met an old friend of mine.
8. The teacher being sick, we returned home.
9. Having no time, I could not go to the station to see him off.
10. Turning to the left, you will see the station.
11. The girl wearing the red dress is my younger sister.
12. The man we laughed at ran away.
13. Having time, I want to go out to have my hair cut.
14. My watch being out of order, I want to have it repaired.

練習 30

(A) 1. going (動)　2. Going (分)　3. coming (動)
4. coming (分)　5. Working (動)　6. Working (分)
7. driving (動)　8. driving (分)　9. having (動)
10. Having (分)

(B) 1. writing 2. sweeping 3. meeting 4. swim
5. rowing 6. opening 7. take 8. sleeping
9. leaving 10. attending

(C) 1. He gave up smoking and drinking.
2. He was punished for stealing.
3. You cannot succeed without working hard.
4. He dislikes going abroad.
5. He dislikes my going abroad.
6. I am not fond of doing this work.
7. Climbing mountains is very interesting.
8. Writing letters is my work.
9. He has finished having breakfast.
10. He enjoys listening to the radio.
11. He stopped depending on his father.
12. He stopped to raise flowers.
13. He is devoted to increasing knowledge.
14. He is used to drinking coffee before going to bed.
15. He is looking forward to going to Taipei to go sightseeing.
16. This book is worth reading twice.
17. It is no use crying.
18. He objected to my reading the English newspaper.
19. Reading the newspaper will do us good.
20. He is fond of your winning the prize.

練習 31

(A) 1. *ought not do* → ***ought not to do*** 2. *becomes* → ***become***
3. *went* → ***go*** 4. *needs not to* → ***need not***
5. *to* 刪去 6. *punished* → ***be punished***
7. *dares not to* → ***dare not*** 8. *need study* → ***need to study***
9. *goes* → ***go*** 10. *needs stay* → ***needs to stay***

(B) 1. He does not work hard.
2. Does he speak English well?
3. Does your father know John?
4. { Did you go to the movies yesterday?
No, I didn't.
5. I do believe I am right.
6. Do come a little earlier.
7. He studies English, but I do not.
8. He does not sing, but I do.
9. I run faster than he does.
10. He speaks English more fluently than I do.
11. He works hard, doesn't he?
12. He went to Taipei yesterday, didn't he?
13. Never does he believe in ghosts.
14. Seldom does he speak English.
15. May I go out?
16. He studies hard so that he may pass the examination.
17. He cannot be honest.
18. He must be reliable.
19. He need not start at once.
〔He doesn't need to start at once.〕
20. He dare not drink wine.〔He didn't dare to drink wine.〕
21. It is no wonder that he should pass the examination.
22. It is a pity that he should fail.
23. Will you please teach me English?
24. Will you tell me the news?
25. Those who would like to go must raise their hands.
26. He used to study English, but he studies French now.
27. You should do your duty.
28. You should have done your duty last year.
29. He must have made mistakes yesterday.
30. He may not have worked hard last year.

練習 32

(A) 1. *will* → ***would*** 2. *is* → ***was*** 3. *has* → ***had***
4. *have* → ***had*** 5. *will* → ***would*** 6. *cannot* → ***could not***
7. *is* → ***was*** 8. *had* → ***has*** 9. *was* → ***is***
10. *may* → ***might***

(B) 1. had 2. might 3. is 4. was 5. was 6. were
7. had forgotten 8. rang 9. called 10. gets up

練習 33

(A) 1. He said that he was very tired.
2. You said that you could go no further.
3. He said that he had lost his watch.
4. He said that he would leave here the next day.
5. He asked me when I did it.
6. He asked me whether I felt better.
7. I told him to walk more slowly.
8. She asked me where John lived.
9. He asked me if it was raining.
10. I told him to be more careful.

(B) 1. He said to me, "Where do you live?"
2. He said to her, "Do you like New York?"
3. She said, "He is out of town."
4. She said, "My name is Mary."
5. She said, "I lost my watch."
6. He said to me, "My father returned yesterday."
7. He said to me, "Don't wait for me."
8. He said to me, "I will be back next week."
9. He said to me, "Have you mailed the letter?"
10. He said to her, "Leave at once."

練習 34

(A) 1. on 2. at 3. into 4. among 5. at 6. on 7. at 8. at 9. at, on, in 10. On 11. × 12. on 13. at, in 14. at 15. on 16. through 17. in 18. since 19. at, × 20. for 21. in 22. at 23. in 24. at 25 at 26. on, in 27. at 28. at 29. at 30. on 31. on 32. from, till〔to〕 33. in 34. at 35. at 36. in 37. on 38. on, in 39. since 40. for

(B) 1. It is a quarter past three.
2. It is ten minutes to five.
3. I have been busy since last Sunday.
4. He has come here for three years.
5. He likes taking〔to take〕a walk in the morning.
6. He returned home on Sunday morning.
7. He was born on May 18 in 1990.
8. He studies in college.
9. I have stayed at the hotel for three days.
10. He is not at home.
11. He finished his homework last Monday.
12. You may go and see him at any time.
13. He went to America to go sightseeing at the beginning of the month.
14. He goes to the movies every night.
15. I took a rest on Saturday night.
16. He has learned Japanese since 1992.
17. He was very famous in the past.
18. He is out of work at present.
19. He will start for America next Monday.
20. He will take a trip to Taipei this week.

練習35

(A) 1. of 2. from 3. of 4. from 5. by, by
6. by, by 7. by 8. by 9. by 10. with 11. in
12. by, with 13. like 14. under 15. (up)on
16. on 17. in 18. to 19. to, by 20. as 21. to
22. For〔With〕 23. in 24. behind 25. to 26. To
27. to 28. into 29. with 30. to 31. for 32. at
33. for 34. from 35. for 36. at 37. for 38. by
39. with 40. like

(B) 1. After my graduation, I will not depend (up)on Father.
2. I was punished for laziness.
3. He went to America by plane.
4. I go to school on a bicycle every day.
5. He died of malaria.
6. My desk is made of wood.
7. He told me the news by telephone.
8. I pay my rent by the month.
9. He was killed by a robber with a pistol.
10. I write my letter with a pen.
11. She is famous for her beauty.
12. He was pleased at your success.
13. I was surprised at your failure.
14. He struggles for his living.
15. Tom is not fond of running after girls.
16. To my great disappointment, he did not pass.
17. Translate the composition into English.
18. My English cannot be compared with his.
19. I prefer sugar to fruit.
20. He is senior to me by five years.

21. He is superior to me in knowledge.
22. He took me by the sleeve.
23. Mary is dressed in red.
24. He takes after〔is like〕his father rather than his mother.
25. He talks like an old man.
26. He will go on a tour tomorrow.
27. My house is under construction.
28. This is the key to the exercise.
29. Real silk is inferior to this kind of cloth.
30. He is junior to me by three years.

練習 36

1. Either he or I am wrong.
2. Neither you nor he is sick.
3. They sang, but we danced.
4. He was talking while we were quiet.
5. She was angry, for she did not know English.
6. She got angry because he spoke English.
7. Obey your teacher, or you will be punished.
8. I made mistakes, so Father blamed me.
9. Whenever it's convenient, I'd like to see you.
10. When he came, I had left for Taipei.
11. While I was writing letters, he came.
12. After I had done my homework, I went to the movies.
13. I take a walk before I go to bed.
14. He works faster than I do.
15. Unless you make haste, you will miss the train.
16. Please wait till〔until〕I arrive.

17. Though〔Although〕he studies hard, he may not pass.
18. He has not studied English since he graduated.
19. Since you don't have any money, you need not buy the book.
20. This is the house where we live.
21. No sooner had he started than it became cloudy.
22. Hardly had he seen the dog when he ran away.
23. As soon as he arrived home, he went to bed.
24. The moment he left his home, he met me.
25. He is so honest that all of us believe him.
26. He is such a bad man that I don't like him.
27. Now that he is not at home, we need not call on him.
28. Ask him whether he will come or not.
29. Suppose (*that*) he does not come, who will do the work?
30. Provided (*that*) her friends also go, she will go, too.

練習 37

(A) 1. 複句，that 引導名詞子句，做 see 的受詞。
2. 複句，whether 引導名詞子句，做主詞補語。
3. 複句，what 引導名詞子句，做 about 的受詞。
4. 複句，Whatever 引導名詞子句，做主詞。
5. 複句，than 引導副詞子句，修飾 taller。
6. 複句，If 引導副詞子句，修飾 win。
7. 複句，as 引導副詞子句，修飾 Do。
8. 複句，that 引導名詞子句，做 news 同位語。
9. 合句　10. 合句　11. 合句
12. 複句，that 引導名詞子句，做主詞補語。
13. 複句，who 引導形容詞子句，修飾 man。
14. 複句，what 引導名詞子句，做受詞補語。

(B) 1. I think (*that*) he is wrong.
2. My opinion is that the news is true.
3. Whether he will go or not is undecided.
4. My friend asked me whether I wanted to go or not.
5. Whether we can succeed or not depends upon the weather.
6. Who will go to Taipei is unknown.
7. That we should fail is impossible.
〔It is impossible that we should fail.〕
8. I know what his name is.
9. The fact that the earth is round cannot be denied.
10. We talked about when he would turn up.

練習 38

(A) 1. *want* → ***wants*** 2. *are* → ***is*** 3. 沒錯 4. *is* → ***am***
5. 沒錯 6. *are* → ***is*** 7. 沒錯 8. *are* → ***is***
9. *have* → ***has*** 10. *are* → ***am*** 11. 沒錯 12. 沒錯
13. 沒錯 14. 沒錯 15. *are* → ***is*** 16. *is* → ***are***
17. 沒錯 18. *are* → ***is*** 19. 沒錯 20. *are* → ***is***
21. *are* → ***is*** 22. 沒錯 23. *has* → ***have*** 24. *is* → ***are***
25. *has* → ***have*** 26. *goes* → ***go*** 27. 沒錯 28. 沒錯
29. *were* → ***was*** 30. *are* → ***is*** 31. *are* → ***is***
32. *has* → ***have*** 33. 沒錯 34. *were* → ***was***
35. *is* → ***are*** 36. 沒錯

(B) 1. doesn't 2. Were 3. was 4. is 5. was
6. have 7. are 8. am 9. come 10. am 11. are
12. were 13. have 14. Doesn't 15. are 16. is
17. is 18. has 19. is 20. is 21. are 22. am
23. is 24. thinks 25. Is 26. have 27. has
28. are 29. belong 30. have

(C) 1. Every boy and girl is honest.
2. Either he or I am right.
3. Neither he nor you are wrong.
4. You or he is absent.
5. Five years have passed since I came here.
6. Five years is a long period of time.
7. The people are taking a walk in the park.
8. He studies English very hard.
9. He does not tell lies.
10. All of my money was stolen.
11. All of my brothers are at dinner.
12. One hundred and fifty dollars is not enough to buy the book.
13. My family are all busy.
14. My family consists of six people.
15. My old friend and classmate, Mr. Wang, is very strong.
16. Either of us is dishonest.
17. Neither of us is honest.
18. All are learning English conversation.
19. None are〔is〕willing to do the work.
20. Two-thirds of my time has been spent uselessly.

練習 39

1. *his* → ***one's*** 或不改　2. *their* → ***his***
3. *their* → ***our***　4. *his* → ***its***　5. *his* → ***their***
6. *their* → ***his***

練習 40

(A)
1. Did he begin…?
2. Is Tom going…?
3. Does she go…?
4. Are they playing…?
5. Did she tell…?
6. Was his grade…?
7. Did Mary go…?
8. Is it far…?
9. Does he pay…?
10. Will he arrive…?
11. Does he close…?
12. Does he borrow…?
13. Will they mail…?
14. Must he go…?
15. May Tom go…?

(B)
1. It is not…
2. They do not enjoy…
3. Mary will not play…
4. They did not arrive…
5. He does not like…
6. Tom does not usually go…
7. He did not buy…
8. He cannot write…
9. He will not take…
10. He does not make…
11. He does not live…
12. He has not been…
13. He is not going…
14. There is not…
15. He did not write…
16. Tom did not like…
17. He has not left…
18. He did not pay…
19. { He does not have… / He has not… 【注意】have 改否定有兩種方法
20. She did not go…

(C)
1. …, didn't he?
2. …, aren't you?
3. …, is it?
4. …, did he?
5. …, doesn't it?
6. …, will they?
7. …, does he?
8. …, isn't it?
9. …, isn't it?
10. …, doesn't he?
11. …, won't it?
12. …, doesn't he?
13. …, shouldn't we?
14. …, haven't they?
15. …, didn't he?

(D) 1. Never have I heard…
2. Little does she know…
3. Seldom does she realize…
4. Hardly had he returned…
5. Rarely has he played…

(E) 1. Who is your teacher?
2. Whose dictionary is this?
3. What time is it now?
4. Which newspaper do you want?
5. Whom should I give this book to?
6. When did you arrive at the station?
7. Why do you laugh at him?
8. Where does your friend live?
9. When do you get up?
10. Is the weather hot or cold in summer?
11. What is your favorite season?
12. Why does the teacher like spring best?
13. Do you like skating?
14. Does it snow every day in winter?
15. How many students are there in your class?
16. How much does the dictionary cost?
17. How much time did you spend on your English lessons yesterday?
18. Besides English, what other subjects do you study at school?
19. At what time will you go to school tomorrow?
20. Where do you usually eat your lunch?

練習 41

(A) 1. may be 2. somewhat, with 3. to 4. advise
5. raise 6. hung 7. older 8. affect
9. respectful 10. much 11. less 12. between
13. listen to 14. weather 15. Besides 16. farther
17. 皆可 18. and so on 19. 皆可 20. peoples
21. later 22. born 23. borrow 24. the city
25. college 26. not easy 27. well 28. like
29. as 30. don't like 31. lay 32. laid 33. laid
34. at 35. that 36. from 37. due to 38. its
39. outdoors 40. with 41. say 42. told
43. speak 44. taller 45. every day

(B) 1. I cannot take his advice.
2. He wants to lie on the bed.
3. He laid〔lays〕the book on the table.
4. He said that he cannot speak English.
〔He says that he cannot speak English.〕
5. I do not like to talk with him.
6. He walks like an old man.
7. We should be respectful to our elders.
8. He is sick of that story.
9. He is sick with fever.
10. I hear〔heard〕him speak English.
11. She is often angry with me.
12. I do not agree to his proposal.
13. The girl is studying English outside (of) the house.
14. The reason he failed is that he did not work hard.
15. He likes to read newspapers, novels, etc.

16. The three boys help one another〔each other〕.
17. Don't lend the book to him.
18. He is like his father.
19. He studies at the university.
〔He studies in college.〕
20. She speaks English very well.
21. She has much time to study French.
22. He has fewer books than I.
23. The teacher divided the books between the two boys.
24. I have no elder brothers.
25. The peoples of China and America should cooperate with one another〔each other〕.
26. His illness is due to carelessness.
27. He is sick because of carelessness.
28. He gets up very early every day.
29. He does not like outdoor games.
30. He was born on July 10 in 1989.

「一口氣背文法講座實況DVD①」影片QR碼

Unit 1
現在簡單式(Ⅰ)

Unit 2
現在簡單式(Ⅱ)、過去簡單式、未來式、現在完成式(Ⅰ)

Unit 3
現在完成式(Ⅱ)、現在完成進行式、過去完成式、現在進行式(Ⅰ)

Unit 4
現在進行式(Ⅱ)、過去進行式、未來進行式

※更多內容請至「學習出版有限公司」官網※
www.learnbook.com.tw

心得筆記欄

文法入門

An Introduction To English Grammar

售價：220 元

修　　編 / 劉　毅
發 行 所 / 學習出版有限公司　☎ (02) 2704-5525
郵撥帳號 / 05127272 學習出版社帳戶
登 記 證 / 局版台業 *2179* 號
印 刷 所 / 裕強彩色印刷有限公司
台北門市 / 台北市許昌街 17 號 6F　☎ (02) 2331-4060
台灣總經銷 / 紅螞蟻圖書有限公司　☎ (02) 2795-3656
本公司網址 / www.learnbook.com.tw
電子郵件 / learnbook@learnbook.com.tw

2022 年 1 月 1 日四版一刷

ISBN 978-986-231-463-0